**KEITAI
SHOUSETSU
BUNKO**

SINCE 2009

甘い恋愛授業

みずたまり

野いちご
Starts Publishing Corporation

キーン　コーン……。

放課後を告げるチャイムが、学校中に鳴り響く。
そして始まる、秘密の授業。
放課後、科学室で行われる、
甘い魅惑の恋愛授業。

そしてそれは、
すんごく甘くて
ちょっぴり危険な

恋の始まり────……。

☆ contents

一時間目

科学部の王子様	8
王子様に見つかった!?	18
恋愛の……授業？	29
覗きはダメッ！【side 歩】	38

二時間目

授業の始まり！	50
サボっちゃいました……。	65
王子様のお怒り	75
居残り授業です。	82
実践練習	94
イライラとめまい【side 歩】	104

三時間目

科学室パニック！	120
課外授業は中止？	133
課外授業⇒模擬デート	146
本当に、ごめん。【side 歩】	159

四時間目

キスの意味って？　　　　　172

恋愛授業の終わり!?　　　　185

告白と不安　　　　　　　　196

帰り道と友達と　　　　　　208

絶対に叶わない恋【side 歩】　212

五時間目

ぶつかった気持ちたち　　　228

触れた唇　　　　　　　　　237

もう絶対に離さない【side 歩】245

ＨＲ〜ホームルーム〜

恋愛授業はまだまだ続く……　260

番外編

「放課後」という名の番外編。
【side 佐野先生】　　　　　270

あとがき　　　　　　　　　280

一時間目

科学部の王子様

―――季節は、冬間近。

　キーン　コーンと放課後を告げるチャイムが学校中に鳴り響いたと同時に、私、山崎ゆき高校２年生は鞄を持って、ガタリと席から立ち上がった。
　その瞬間に、「ゆーき！　一緒に帰ろ？？」という声が後ろからかけられる。
「あ、ごめん！　部活行かなきゃ」
「えー、またぁ？？」
　そう言って、私の友達の紗希ちゃんはブーッとふくれっ面をした。
　誘ってくれたのは嬉しいけど、でもなぁ……。
「どうせまた、長瀬くんでも見に行くんでしょ？？」
　紗希ちゃんのその言葉に、ピクッと肩が跳ねる。
　さすが紗希ちゃん。
　お見通しってワケか……。
「まあ……ね」
　「えへへ」と笑いながら、少しだけ顔を赤くした。
「まったく。普通、科学部にそんな理由で入るぅ？」
　ため息混じりに、紗希ちゃんはそう呟いた。
　そうなのだ。
　今、紗希ちゃんが言ったとおり、私は科学部に入っている。

まあ、この高校は絶対に何かしらの部活に入んなきゃなんないんだけど……。
　ちなみに、紗希ちゃんが入ってるのは生徒会。
「でも、科学部に入ったのはそれだけが理由じゃなくて……」
「嘘おっしゃい。心の中の９割がその理由のくせに」
「う……っ」
　思わず、言葉がつまってしまう。
　科学部というのは、主に植物などの実験・観察をする部活だ。
　私は昔から科学の成績だけは良く、実験だって大好きだし、だから科学部に入った。
　……と言うことにしている。
　でも本当は……。
「だ、だって、科学室からよく長瀬くんの姿が見られるから……」
　私が今、思いを寄せている人。
　長瀬春樹くん。
　長瀬くんは私と同じ高校２年生。
　サッカー部に所属していて、そのサッカー部の練習が科学室の窓からよく見えるのだ。
　そして科学部はいつも決まってその科学室で行われるから、だから私はいつも長瀬くんを眺めていられるってわけで科学部に入部した。
「でも、ずっと窓から長瀬くんの姿を見てるだけじゃ……ゆきの気持ち、伝わらないよ？」

「うぅ……っ」
　この言葉は、いろんな人から何回も言われた言葉。
　自分でもわかってる。
　でも、でも……っ。
「も、もうこの話はいいじゃん！　紗希ちゃんは、今日は部活行かなくていいの？？」
「今日は生徒会はないわよ。だからゆきに一緒に帰ろうって言ってるんじゃない！」
　「まったく」とため息をついて、紗希ちゃんは私のおでこにデコピンをした。
　い、痛い……。
「もういいわよ。さっさと行きなさい。この薄情者！」
「そ、そんなこと言わないでよぉ！　今度アイスおごるから!!」
　私がそう言うと、紗希ちゃんは「もう、仕方ないな〜」と言って私のおでこをまた叩いた。
　だから、痛いよ紗希ちゃん。
「じゃあ、絶対にアイスおごるのよ!!」
「うん！　わかった!!」
　そんな言葉を交わして、私は紗希ちゃんと別れて科学室に向かった……。

　科学室に行って、扉を勢いよく開ける。
　そしたらある人物が、パッと私の視界に入ってきた。
「あ、よお、山崎ぃ!!」

「げっ、佐野先生」

　思わず「げっ」と、濁った声が出てしまう。

　そしてヘラヘラとした笑顔で近付いてきたこの人。

　科学部顧問の佐野先生。

　もちろん、科学の先生でもある。

「なんだ山崎、そうかそうか。そんなに俺に会えて嬉しいか？」

「そんなワケないじゃないですか」

　そんなワケない。

　そんなワケあるはずない。

　だって佐野先生は……。

「じゃあ、俺のかわりに実験用具の片付けよろしく」

「ええっ!?」

　ほら、佐野先生と会うと絶対にこうなるんだ。

「絶対、嫌ですっ!!」

「そんなこと言うな山崎！　それに今日寒いじゃん。俺、寒いの苦手なんだよ」

「そりゃ、冬なんだから寒いのはあたり前でしょう」

「だから頼む！　数少ない仲間じゃないか!!」

　そう言って、佐野先生は私の肩にポンッと手を乗せる。

　確かに、科学部は私をあわせて計３人と少ない。

　でも、それとこれとは……。

「な、山崎。これは科学の先生からではなく、部長命令だ！」

「部長命令って……」

　科学部は３人と少ないので、佐野先生が顧問と部長を一

緒に受け持っている。
　でもそんな、部長命令って言われたら……。
「……わかりました」
「あはは！　さすが山崎！　じゃあ、また来るからそれまでによろしくな!!」
　佐野先生はそれだけ言うと、科学室を出て行ってしまった……。
　科学室の窓の外からは、"ピーーッ"というホイッスルの音が鳴り続けている。
　サッカー部が、練習やってるんだ……。
「もう、今日はゆっくり窓の外を眺めるつもりだったのに……」
　そんなコトをぶつぶつと呟きながら、私は散らばった実験用具の片付けを始める。
　ああもう、サッカー部の練習見たいのに……。
　何もかも佐野先生のせいだ！
　先生のバカ!!
「!?　あーーーっ」
　心の中だとしても"先生のバカ！"と言ったことが災いしたのか、私の手からポロッと試験管が床に落ちてしまった。
　プラスチックの試験管だから、割れはしなかったものの……。
「え、あ、ちょ……っ」
　私の手は試験管を掴もうとするが、それは転がって転がって……。

「……あ」
　試験管はそのまま、机の下に入ってしまった。
　あーあ、結構奥に入っちゃったっぽいなー……。
「はぁ、仕方ないな」
　ため息をついて、私は机の下に手を伸ばす。
　手を伸ば……。
「……届かない」
　私って、そんなに手短かったっけ？？
　と思いながら、また「仕方ない」と呟いて机の下に体を潜り込ませる。
　そしてなんとか手を伸ばして試験管を取り、さあ机の下から出よう！と思った瞬間……。
　———ガラッ。
「え？」
　いきなり科学室の扉が開いて、思わず私は動きを停止させてしまった。
　誰だろ？
　佐野先生が帰ってきたのかな？？
　そんなことを思って、耳を澄ませていると……。
「で、俺になんの用？」
「え……っ」
　聞こえてきた声が佐野先生のものじゃなかったから、ビクッと体が揺れてしまう。
　この声は、時東歩くん。私と同じ科学部の同級生だ。
「ごめんなさい！　部活にまで、押しかけちゃって」

時東くんの声が聞こえた後に、そんな可愛らしい女の子の声が聞こえてきた。
　　女の子はかなり、焦っている様子……。
「早く言ってよ。俺、今から部活するから」
　　そう言って時東くんは、バサッと音を立てて白衣を着た。
　　女の子はまだ、オドオドしたままで……。
　　私はその様子を、机の隙間から覗いている。
　　って、これじゃあただの変態じゃんっ!!
「でも、なんだか出て行きづらいような……」
　　なんだろう？
　　わかんないけど、凄く出て行きづらい。
　　まあ、少ししてから出て行ってもいいか。
「焦らずのんびり、用件が終わるのを待とう」
　　そんな軽〜い考えを頭の中に巡らせていると、いきなりその女の子が時東くんの前に行って……。
「あの、歩くん！　私、歩くんのことが好きなの。良かったら、付き合ってください!!」
　　……あ、のんびりなんてするんじゃなかった。
「ど、どうしよう……」
　　膝を抱えて机の下にうずくまったまま、これからどうしようかと頭の中で考える。
　　でも、やっぱり良い考えは思い浮かばなくて……。
「……俺のことが好き？」
「は、はい!!」
　　女の子はスカートの端をギュッと握りしめて、精一杯そ

う言った。
　時東くんへの告白現場。
　実際、時東くんならあり得ない話じゃない。
　だって時東くんは……。
「学校一の王子様って、呼ばれてるもんね……」
　ブラウンの綺麗な髪に、凄く整った顔立ち。
　笑顔はあんまり見せなくて、凄くクールで格好いいって、いつも噂の的。
　でも、彼女はいないとか……。
　だから最初、科学部に時東くんが入ると、女の子の入部希望者が一気に増えたらしい。
　まあでも、佐野先生の「面倒」のひと言で全員追い返されたらしいけど……。
　私は科学の成績が良かったから、入部OKだったんだよね。
　だから、時東くんへの告白現場なんて、これまでにも目撃していそうなもんだけど、実は初めて……。
「……俺を、どうして好きになったの？」
　落ち着いたトーンの声が、静かに科学室に響いた。
「あの、私、歩くんには、ひと目惚れで……だから」
「"ひと目惚れ"？」
　時東くんの声が、一気に低くなるのがわかる。
　え……？
「歩くん、私……っ」
「ごめん」
　ビクッと、女の子の震えが私にも伝わってくるようだった。

「私じゃ、ダメ……なの？」
「だからごめん。俺、忙しいから。帰ってよ」
「……うん」
　女の子の声は、少しだけ震えていて……。
　そしてそのまま、ガラッと科学室の扉を開けて、女の子は出て行った。
「……」
　誰かの告白を見るのなんて初めてだったけど……。
「あれがもし自分の立場だったら、私は……」
　長瀬くんに振られちゃったら……。
　そう思うと、やっぱり告白なんてできないよ——……。
「……はぁ」
　時東くんはため息をついて、目の前にあった椅子に座って腕を組む。
　あれ？
　時東くん、座っちゃったよ。
　私、ここからいつ出て行けるんだろ？？
「……時東くんが帰るまで、ここで待ってよ」
　出て行きづらいし、なんだか出て行きたくない。
　サッカー部の練習が見たいけど、でも……。
「……ねぇ、そこにいるのわかってるんだけど？」
「え？」
　時東くんの、誰に話しかけているかわからない言葉に、つい声を漏らしてしまう。
　え？　え？？

「俺が気付いてないとでも思った？　ここに入る時、たまたま隠れてる姿が見えたんだけど？？」
　時東くんは淡々と、そう誰かに話しかけている。
　もしかして、これって私に話しかけているの？
　いや……いやいや。
　まだ私に話しかけてるって、決まったワケじゃない。
　もしかしたら、私の他にも誰かが隠れてるのかも……。
「さっさと出て来れば？　人の告白を盗み聞きしてた、山崎ゆきさん」
　そう言って時東くんは、私が隠れている机を見つめた。
　いや、いやいや。
　まだ私って決まったワケじゃ……。
　……いや、私しかいないでしょどう考えても。
「あ、あの〜……」
　恐る恐る机の下から顔を出して、チラリと時東くんの顔を見てみる。
　そしたら完璧に、バチッと目が合っちゃって……。
「なぁ、山崎」
「は、はい!?」
　いきなり呼び捨てで名前を呼ばれ、ビクッと大きく肩が跳ねる。
　そして時東くんは、
「ちょっと、こっち来てくれない？」
　そう言って、ニッコリと笑ったんだ……。

王子様に見つかった!?

「……で、なんで山崎はあんな所にいたんだよ？ 人の告白がそんなに聞きたいわけ？？」
「そういうワケじゃないんだけど、その……たまたま」
「……たまたま？」
「たまたま、試験管がコロコロコロ〜ッて……」
　私がそう言うと、時東くんは「コロコロねぇ？」と言って無表情(むひょうじょう)で私を見つめた。
　結局(けっきょく)あの後、私は時東くんに見つかってしまい……。
　ただ今、いろいろと取り調べられ中です。
「それ、本当に？」
「ほ、本当です!!」
　力強く私がそう言うと、時東くんは「ふ〜ん」と言いながら私の手を握って……。
「……え？」
　な、なな、なんでいきなり手ぇ握られてるの私!?
「あの……っっ」
「嘘だったら……許(ゆる)さないよ？」
「時東……く……っ」
　時東くんがキュッと私の手を握り、私の反応(はんのう)を面白(おもしろ)がるかのように私の顔を下から覗く。
　わわわっ！
　顔、近いよ……!!

「嘘なんかじゃ……」
「もし嘘だったら、どう責任をとってもらおうかなぁ……?」
「せき……にん??」
　責任って……。
　ま、まま、まさか、ドラマとかでよくある凄く危険な展開———!?
「あ、ああ、あの、私なんてまったくお金稼げませんよ!?
　それに私、好きな人がいるからそんな悪事に手を染めるなんてこと……」
「……は?」
　私がアワアワと慌てた様子で言うと、時東くんは間の抜けた声を出して顔を歪ませた。
　あれ?　私……。
　なんか変なこと言った??
「あの、私……」
「あーもう、今のは冗談に決まってんだろ。それぐらいわかれ」
「じ、冗談??」
　時東くんは拍子抜けーとでも言わんばかりの顔で、ため息をついて自分の頭をガシガシとかく。
　冗談?　冗談……。
「よ、よかったぁ……」
　全身から、力が抜けるのがわかった。
　どう責任をとらされるんだろうって思って、冷や汗ダラダラだよぉ……。

「ま、山崎があのサッカー部の長瀬が好きなのは知ってるしな」
　そう言うと、時東くんは握っていた私の手をスッと離(はな)した。
「……え？」
　えええええっ!?
「え？　あ、なんで時東くんがそのことを……」
「一応、同じ科学部だよ？　毎日、山崎が窓からサッカー部の練習を見てるのも知ってる」
「う、嘘ぉ!?」
「嘘じゃねえって」
　時東くんがそう言って私を見た瞬間、私の顔の温度が一気に上昇(じょうしょう)する。
　これはもう、沸騰寸前(ふっとうすんぜん)だ。
「いや、あ……このことは、誰にも秘密(ひみつ)に……」
「秘密にしてほしいんだ」
「あ、当たり前です!!」
　自分でも「好き」って伝えられないのに、他の人から言われるなんて絶対に嫌だ。
　だから……。
「でもさ、いつも窓から見てるだけだけど……告白、しないんだ」
「え？」
　時東くんの言葉に、ドクン……と心臓(しんぞう)が鳴る。
　告白なんて、そんな……。
「時東くんには、関係ないことだよ」

「秘密にしてやるんだから、聞くぐらい、いいだろ？」
「でも……っ」
「じゃあ質問を変えるけど、なんで長瀬のことが好きなの？？」
「なんでって……」
　なんでそんなこと聞くの？
　そんな言葉が、喉の奥に突っかかってしまう。
　だって、時東くんの表情が……凄く真剣だから。
「……長瀬くんを好きになった理由は、その」
「やっぱり顔？」
「か、顔……？」
　一瞬、時東くんが言った言葉の意味がわからなかった。
　でもすぐに、推測できた。
　長瀬くんは、時東くんとはまた違うタイプだけど、顔が良くて凄く格好いい。
　まさにスポーツマン！って感じ。
　そして彼女がいないということも手伝い、そのルックスに惹かれて好きになる女の子が後を絶たない。
　だから時東くんは、「やっぱり顔？」なんて……。
「ち、違うよ！　私が長瀬くんを好きな理由は、顔なんかじゃなくて……」
「へぇ、違うんだ？　じゃあなんでなんだよ？？」
「それ、は……」
　モゴモゴと、思わず言葉が出てこなくなってしまう。
　だって、私が長瀬くんを好きになった理由って……。

「……時束くん、絶対に呆れちゃうよ」
「呆れないよ。だから言えって、な？」
　優しい表情で、時束くんは私にグッと顔を近付けてくる。
　あうっ、顔近い……。
「でも……っ」
「言わないと、バラしちゃうかもよー？？」
「そ、それはダメ!!」
　思わず伏せていた顔をバッと上げると、凄く時束くんの顔が近くて……。
「……じゃあ教えてよ。人の告白を盗み聞きしてた山崎ゆきさん？？」
「う……っ」
　私はまだ迷いながらも、顔を少しだけ縦に振った。
「……ハンカチ、だよ」
「"ハンカチ"？」
「うん。友達からもらったハンカチを落としちゃって、それで……」
「まさか、そのハンカチを拾ってくれたのが……長瀬？」
「……うん」
　実際、このことを話した友達から「えー、それだけぇ？？」と言われたこともしばしば……。
　ほら、時束くんだって呆れた様子で黙り込んじゃってるよ。
「……それってさ、ほとんど顔だけで好きになったようなもんじゃん？」
「ち、違うよ！　こんな簡単な理由だけど、私は……」

本当に好きだから。
　本当に本当に、私は長瀬くんが好きになった。
　顔だけじゃなくて……。
「私は———っ!!」
　思わず頭に血が上って、私はガタッと音を立てて椅子から立ち上がる。
　でもその瞬間に……。
　———パリンッ!
「え———……」
「山崎っ!!」
　いきなり時東くんの大声が聞こえたかと思ったら、私は腕を掴まれて思い切り引っ張られる。
　そして時東くんは、私を庇うようにしてギュッと抱きしめた。
「へ……っ!?」
　ドキキッ!と心臓が跳ねて、一気に体が熱くなる。
　い、いったい何なのぉ!?
「……なんで、サッカーボールなんて飛んでくんだよ」
「サッカー……ボール?」
　時東くんは何事もなかったように私から離れ、ガラスの破片に埋もれているサッカーボールを拾った。
　あ、サッカーボールが窓を突き破ったんだ……。
　だから、時東くんは私を庇ってくれた……??
「あの、時東く……っ」
「すみませーん! ここに、サッカーボール飛んできませ

んでしたかっ!?」
　時東くんにお礼の言葉を言おうと声を出したが、そんな私の声は"ある人"によってかき消された。
　そのある人と言うのは、長瀬くんで———……。
「……へ？？」
　な、長瀬くんっっ!?
「え？　あ、なんで長瀬くん……」
「本当にすみませんでした！　俺が蹴(け)ったボールが、科学室に入っちゃって……あぁ、ガラス割っちゃったよ」
　「はぁ」とため息をつきながら、床に散らばったガラス片(へん)を見つめる。
　そして長瀬くんはこっちを見て、私と時東くんに近付いてきた。
「ふぇ!?　長瀬……く……」
「あの、どこか怪我(けが)したところとかはなかった？」
「はい！　私は、ありま……せん」
　わああああん！
　上手(うま)く喋(しゃべ)れないよぉ……。
「うぅっ、えーと……」
「サッカー部の長瀬だよね？　以後(いご)、こんなことがないように気をつけてよね」
「あ、はい！　本当にすみませんでした!!」
　時東くんの冷たい言葉にまた謝りながら、長瀬くんは時東くんからサッカーボールを受け取った。
　その瞬間に、長瀬くんが腕を怪我しているのがわかった。

「な、長瀬くん！　腕、血が出てるよ……」
「え？　ああ、さっきちょっとコケちゃったからね。気にしなくていいよ」
　いや、気にしなくってって……結構、血が出てるよ長瀬くん!!
「ちょ、ちょっと待ってて」
　そう言って、私はバタバタと鞄の中からハンカチを取り出す。
　そしてそのハンカチを水で濡らし、長瀬くんのところに行った。
「せ、せめて汚れを取らないと……ばい菌入っちゃうから」
「ああ、ありがとう。えーと、君は……」
「や、山崎です。山崎ゆきって言います。同学年の」
「山崎さんね！　うん、わかった。ありがとね」
　そう言うと、長瀬くんは私から濡れたハンカチを受け取った。
　わわわっ！
　長瀬くんが、私の名前呼んでくれたよぉ……!!
　そんな喜びに私が浸っていると、いきなり長瀬くんが「あれ？」と声を上げた。
「え？」
「このハンカチ、前に俺が……ああ！　山崎さん、前に一度会ったことあるよね!?」
　そう言って、長瀬くんは私の顔をパッと見た。
　———ボンッ！
　いきなり目があって、そんな音をたてそうなぐらい顔が

真っ赤になる。
　いや、それよりも……。
「覚えてて……くれたの?」
「やっぱりあの時の!　もちろん覚えてるよ!　そっかそっか、こんな偶然もあるんだねぇ……」
　長瀬くんはどこか感心した様子で、うんうんと顔を縦に振っている。
　そしてその後、私に「ありがとう」と言ってハンカチを返して、そのまま科学室を出て行った……。
「へぇ、ハンカチの話は本当だったんだ」
　感心しているのか呆れているのかわからない声で、時東くんはそう呟く。
「……時東くん」
「何?」
「私が長瀬くんを好きなのは、顔なんかじゃないよ」
　今度は、ハッキリ言える。
「私が長瀬くんを好きになった理由は、あの優しさと誠実さと……あのあったかい笑顔だよ」
　心があったかくなるあの笑顔。
　私は最初、あの笑顔に心惹かれたから……。
「……でも、そんなに好きなのになんで告白しないの?」
「え……っ」
「告白もしてないけど、しようとも思ってない。違う?」
　時東くんの言葉に、額から冷や汗がタラリと流れ落ちる。
　紗希ちゃんにも言われ続けてきた。なんで告白しないの

か？って。

　告白はしたい。

　したいけど、でも……。

「……私、なんでかわかんないけど……人前で話すとか、そういうのがダメで……。長瀬くんの前だと、もっと緊張しちゃって。それに」

「それに？」

「告白することで、今の同級生っていう関係が壊れるのが……怖いから」

「最初から諦めてどうすんだよ。そんなの、告白してみないと……」

「仮にだよ？　仮に、もし私が長瀬くんと付き合ったとして……」

　こんな恥ずかしがり屋な私が、長瀬くんと付き合ったとしてどうなると思う？

「私、きっと目も見られないよ。それで結局は、嫌われちゃう」

　もしかしたら、そんなコトはないのかもしれない。

　だけど、そうなるのが凄く怖くて……だから……。

「……なあ、山崎」

「な、何？」

「さっきお前さ、長瀬の優しさと誠実さが好きだって言ったよな？」

「うん」

　私がそうハッキリ言うと、なぜか時東くんは私の手をギュッと握って……。

「え……っ」
「その言葉、信じてもいい？」
「も、もちろん！」
　ハッキリ言える。
　だって本当の気持ちだから。
「じゃあ、俺が教えてやろうか？　いろいろと」
「……え？」
　いろ……いろ？？
「お前が長瀬の前で慌てたりするのは、ただ単に男と付き合った経験(けいけん)が少ないだけ。お前、彼氏(かれし)できたことないだろ？」
「……まあ、はい」
「だったら、その経験をすればいい。それだけの話だよ」
　そう言うと、時東くんは掴んでいる私の手をグイッと引っ張って……。
　急に時東くんの顔が間近になって、ピクッと肩が跳ねる。
　わわ……っ。
　息、かかっちゃいそう……。
「時東……くん？」
「だから、俺がその経験をお前にさせてやるよ」
「経験？」
「……お前に」

　　"俺が、恋愛のことについて教えてやるよ"

　時東くんはそう言って、優しい笑顔を私に見せた……。

恋愛の……授業？

「んー！　おいしい!!」
「……こんな寒(さむ)い日に、よくアイスなんて食べられるよね紗希ちゃん」
「何よあんた？　私がアイスが好きだからアイスおごってあげるって言ったんでしょ？？　そんなことは気にしないっと!!」
　そう言って、紗希ちゃんは両手いっぱいに持っているアイスを次々に口の中に入れていく。
　見てるだけでこっちが寒いよ紗希ちゃん……。
「あ、ちょっとゆき。長瀬くん、グランドでサッカーやってるよ」
「え？？」
　紗希ちゃんが見ているグランドの隅(すみ)に、私も視線(しせん)を向けてみる。
　そこでは、長瀬くんが数人の男子とサッカーをしていた。
「昼休みもサッカーやるなんて、なんか長瀬くんに彼女(かのじょ)ができない理由がわかる気がする」
「……彼女、か」
　長瀬くんに彼女ができないことは嬉しいけど、長瀬くんに告白をしようともしない私がとやかく言えることじゃ、ないんだよね……。
「あ、あそこには学校一の王子様はっけーん！」

「王子様っ？」
　その言葉に、胸がドキッと一瞬だけ跳ねる。
　だって、学校一の王子様って言ったら……。
「時東くん、相変わらず女の子に話しかけられてるわねー」
「本当だ……」
　紗希ちゃんの言ったとおり、時東くんは数人の女の子に話しかけられていた。
　さすが王子様って感じだよね。
　でも……。
「そんな王子様に、私……」
　恋愛のことについて教えてやるよって、言われたんだよね……。
「あ〜あ、これが最後のアイスか。いただきまーす」
　そう言って紗希ちゃんがアイスを頬張っている間に、いろいろな思考を頭の中で巡らせる。
　結局昨日、この時東くんの言葉に私は返事ができなかった。
　だって、いきなり恋愛のことについて教えてやるよって言われても……。
　どう教えてくれるのか、どんなことをやるのかが全くわからない。
　なのに教えて下さいって言うのも変だし、なんて……。
「そんなにウジウジしてたら、長瀬くんに彼女さんができちゃうよ」
　長瀬くんを狙っている女の子は、たくさんいる。
　だから、私にもそんなに余裕はないわけで……。

そんなことを考えながらボ〜ッとグランドを見ていると、いきなり後ろから「山崎さん」と声をかけられた。
「あ、藍沢くん」
「昨日は科学部に行けなくてゴメン。今日も用事があって、行けそうにないんだ。そう、佐野先生に伝えておいてくれる？」
　そう言って、藍沢くんはかけている眼鏡を人差し指で押し上げた。
　藍沢和泉くん。
　私と同じクラスで、数少ない科学部の部員だったりする。
　サラサラな黒髪に眼鏡が合ってて、凄く頭が良さそうな風貌……。
　いや、藍沢くんは本当に頭が良いんだけどね。
「うんわかった。佐野先生には、ちゃんと伝えとく」
「ありがとう。じゃあ、明日は絶対に行くから」
　そう言うと、藍沢くんは教室の中に戻ってしまった。
　時間も時間だし、私も戻ろうと思い紗希ちゃんを見てみると……。
「紗希ちゃん？」
「……あんたの科学部って、本当にイケメンぞろいよね」
　アイスの棒をくわえたまま、紗希ちゃんは「逆ハーレム、いいな〜」なんて呟いている。
　逆ハーレムって……。
「さ、紗希ちゃん！　私はそんな気持ちで科学部に入ったんじゃ……」

「わかってるって！　ゆきは長瀬くん目当てだもんねー」
「もう、紗希ちゃん〜」
　私をからかう紗希ちゃんに泣きつきながら、私たちは一緒に教室に入った。

　すぐに授業は始まったものの、時東くんのことが気になって集中できなくて……。
　やっぱり今日、返事しなきゃダメだよね。
　あーもう、ハッキリしろ自分!!
「……でも、きっと時東くんに恋愛を教えてもらわなきゃ、いつまでもこのままだよね」
　このままウジウジした私で、素敵な恋愛なんてできないまま……。
　そんなの嫌だあああ!!
「……でも」
　なんで時東くんは、私に恋愛を教えてくれるなんて言ったんだろ？
　私と時東くんは、別に親密な仲というわけでもないし。
　じゃあ……。
「……？？」
「おい山崎ぃ！　なに俺の授業でボーッとしてんだよ！」
　いろいろと考え込んでいたらボーッとしちゃっていたらしく、そんな声と共に私の頭に激痛が走った。
「いったーい！　佐野先生、叩くなんてヒドいです!!」
「よし山崎、今日お前、実験器具運ぶの手伝えよ」

「ええっ!!」
「これは科学部部長ではなく科学の先生命令だ。ボケーッとしてた、山崎さん」
　そう言って先生がパチンとウィンクをした瞬間、教室に今日一番の笑いが起こったことは言うまでもない……。

「───重い」
　そんなことをひとり呟きながら、私は重たいダンボールを抱えて科学室に向かっていた。
　放課後になって佐野先生からお呼びだしがかかり、本当に実験器具を運ばされるなんて……。
　佐野先生が顧問の科学部部員の宿命だよね……っはは。
「それにしても、本当に重たいな……」
　「ふぅ」と息を吐いて、目の前の少し高い階段を見つめる。
　この階段をのぼったら科学室だから、頑張れ自分！
「よしっ!!」
　そう自分に気合いを入れて階段の一段目に足をかけた瞬間、私の後ろに数名の女の子たちが通るのがわかった。
　足音と、甲高い声が聞こえる。
　まあ別に、その女の子たちのことが気になったわけじゃない。
　気になったのは、その女の子たちが話してる内容で……。
「ねぇねぇ！　私、長瀬くんのメールアドレスもらっちゃった!!」
「うっそ、凄いじゃん！　告白まであと一歩って感じだね!!」

そんな言葉たちが聞こえてきた瞬間、ピタッと階段を上がる足が止まる。
　メールアドレス？
　長瀬くんに告白？？
「……っ」
　本当に私には、窓からのんきに長瀬くんを眺めているヒマはないらしい。
　グルグルと、そのことが頭の中で回る。
　もしあの女の子が長瀬くんに告白して、付き合ったら？
　私は結局、何も長瀬くんには言えないまま……終わっちゃうの？
「そんなの……っ」
　長瀬くんが女の子と仲良くしている場面を想像すると、自然に目が潤んでくる。
　あ、あれ？
　視界がぼやけて、前が見えな……。
「———へ？」
　階段を踏み外し、グラリと体勢が後ろに傾く。
　え？　ちょっと……。
「きゃ……っ!?」
　———落ちる！
　そう思い、体中で力んでみる。
　実験器具ってガラス製が多いから、絶対に落とすわけにはいかない。
　でも、それじゃあ私の身が守れないよ……!!

「……誰かっ」
　そう呟いてギュッと目をつぶった瞬間、私の体が何か暖かいものに包まれた。
　え……？
「また偶然だね。大丈夫、山崎さん？？」
「……長瀬、くん？」
　あれ？　私……長瀬くんに、抱き止められてる？？
　抱き止め……抱き？？
「〜〜〜っ!?」
　カアァァァァッ！と、顔が真っ赤になるのが自分でもわかった。
「あああああ……いや、あ、す、すみません！」
「ううん、別にいいよ。それより大丈夫？」
「は、はい！　大丈夫です!!」
　体がカチーンッと固まってしまい、棒読みになってしまう。
　運良く、さっきの女の子たちはもうどこかに行ったみたいだけど……。
「えーと、あの……ですね」
「……ねぇ、山崎さん」
「は、はい??」
　名前を呼ばれたので、そう返事をしてパッと上を向いた。
　そしたらすぐ近くに長瀬くんの顔があって……。
「俺たち同級生なんだしさ、そんな敬語なんて使わないでよ。なんかさ、ちょっと寂しいから」
　……好きな人から目の前でこんなことを言われて、正気

でいられる女の子がいると思いますか？
　少なくとも私は……。
「あ、あはは……はは……だ、だだだよね〜」
　爆発寸前。
「あ、じゃあ俺、もう行かないといけないから。またね山崎さん！」
「うん！　ま、まま、またね長瀬くん」
　もの凄く噛みながらもそう言い、私はなんとか長瀬くんに片手を振る。
　……やっぱり私、長瀬くんのことが好きだ。
　好きで好きで好きで……。
　この気持ちを、伝えたいから───……。
「……科学室に、行かなきゃ」
　私はそう呟いて、科学室に向かって歩みを進める。
　そして科学室の扉を開けて、ある人物の姿を探す。
「遅(おそ)かったな山崎……って、何その荷物(にもつ)？　佐野先生にでもパシられた？」
　そう言いながら、時東くんが私に近付いてきた。
「ねぇ、時東くん」
「何？」
　私は時東くんの名前を呟いて、実験器具が入ったダンボール箱を床に置いて……。
「私に、恋愛のことを教えて下さいっ‼」
「……え？」
　時東くんは少しだけ驚(おどろ)いた表情を見せ、言葉を失った。

でも、私の意志は固い。
　時東くんの目を、ジーッと見つめる……。
「……それ、本気？」
「う、うん！」
「……そ。わかった」
　時東くんはそう呟いて、私の頬にソッと自分の手を添えて……。
「いいよ。俺が恋愛について教えてあげるよ、山崎……じゃなくて」

　"───ゆき"

　時東くんは私の耳元で、そう囁いたんだ……。

覗きはダメッ！【side歩】

　――その日、俺は告白された。
　そして、その告白を覗いている女の子がいた。

「……ねぇ、そこにいるの、わかってるんだけど？」
　俺に告白してきた子にハッキリと断りを入れた後、俺はそう声を上げる。
　「え？」と、か細い声が聞こえたような気がした。
　だけど、隠れたままでなかなか姿を現さないその女の子に対し、俺は追い討ちをかけるように言う。
「さっさと出て来れば？　人の告白を盗み聞きしてた、山崎ゆきさん」
　案の定、俺への告白を盗み聞きしていたのは山崎だった。
　科学部唯一の女子部員であり、少しおっとりとしたムードとホワホワした性格が可愛いと男子の間で密かに人気な、俺の同級生。
　だけどこれまで、山崎と話したことはあまりない。
　部活の用事でひと言ふた言、言葉を交わしたことがあるくらいだ。
　そんな山崎が、どうして俺が告白されている現場を覗いていたのか。
　聞けば、試験管がたまたま転がってしまい、それを拾おうと机の下に潜り、さあ出ようとした時にちょうど俺が告

白されて、出て行きにくくなったとのこと。

　山崎はさすがに告白現場を覗いたことを悪いと思っているらしく、顔を少し俯かせながら申し訳なさそうに眉をひそめた。

　山崎と俺の間に、なんとも言えない気まずい空気が漂う。

　そんな空気を打破しようと、山崎に向かって冗談を言ってみるも……。

「あああああの、私なんて全くお金稼げませんよ!?　それに私、好きな人がいるからそんな悪事に手を染めるなんてこと……」

　俺の冗談は山崎には全く伝わらず、意味不明な回答が返ってきた。

　……なんだよ、悪事って。

　このままじゃ、なんだか俺が悪者みたいじゃないか。

　そう思い、なんとか話題を変えようと俺が口にした言葉は……。

「ま、山崎があのサッカー部の長瀬を好きなのは知ってるしな」

「……え？」

　ポッカーン。

　まさにそんな感じの顔。

「え？　あ、なんで時東くんがそのことを……」

　信じられないというふうに、俺を見つめる山崎。

　その瞳は、混乱一色。

　なんで知ってるの？

なんでわかったの？
　なんで、なんで、なんで!?
　そんな山崎の心の叫び声が、今にも聞こえてきそうだ。
　山崎がサッカー部の長瀬を好きなことを、なんで俺が知ってるのか。
　理由は簡単。
　毎日毎日、科学室の窓から外を見てる山崎を見れば、ひと目でそうとわかる。
　逆に、気付かない方がおかしいくらい。
　部活なんてそっちのけで窓の外に視線を向けては、長瀬ばかりを目で追って……。
　そんな山崎を見れば、誰にだって山崎が長瀬を好きだってことがわかるだろう。
　そのことを、山崎に伝えると……。
「う、嘘ぉ〜!?」
　山崎、大パニック。
　嘘じゃないと伝えると、今度は顔をカアアーッと真っ赤にした。
　……なんだか、表情がコロコロ変わって面白い。
　そんなことを思いながら、俺はあることを山崎に聞いた。
　山崎に、聞いてみたかったんだ。
「なんで長瀬のことが好きなの？」
　そんな俺の質問を聞いた途端、「何でって……」と呟いて俺に視線を向ける。
　なんでそんなこと聞くの？

そんな表情。
　だけど俺は、この時の俺は……凄く、凄く、真剣だった。
　そして、そんな俺の質問に、山崎の答えはひと言だった。
「……ハンカチ、だよ」
　ハッキリと、そう言った。
　ハンカチ？？
　その言葉の意味をちゃんと聞いてみると、実は自分が落としたハンカチを長瀬が拾ってくれたということらしい。
　それで好きになったんだとか。
　でも、それって……。
「……それってさ、ほとんど顔だけで好きになったようなもんじゃん？」
　自分の声が、冷たかった。
　顔だけで人を好きになるなんて、そんな……。
　そんなの、本当の"好き"なんかじゃない。
　そう思いながら山崎を見つめれば、山崎は今までに聞いたことがないくらいの大声を口から出した。
「ち、違うよ！　こんな簡単な理由だけど、私は、私は———っ！」
　その瞬間、だった。

　———パリンッ！

　サッカーボールが、飛んできた。
　コロコロ、コロコロ……。

サッカーボールが、科学室の中をコロコロと転がる。
　　山崎のことは俺がとっさに抱きしめて庇ったから、ガラスの破片をなんとか避けられたらしい。
　　見たところ、怪我はしてない様子。
「……なんで、サッカーボールなんて飛んでくんだよ」
　　傍に転がっていたサッカーボールを拾い上げながら、周りに散らばったガラスの破片を見つめる。
　　これ、早く片付けないと危ないよな……。
　　だけど、俺がそう思った瞬間、科学室のドアがガラリと勢いよく開いた。
「すみませーん！　ここに、サッカーボール飛んできませんでしたかっ!?」
　　そう言って科学室に入ってきたのは、他の誰でもない、山崎の思い人である、長瀬だった。
「……へ？？」
　　もの凄く間抜けな声が聞こえた。
　　もちろん、その声を出したのは山崎なわけで……。
「ふぇ!?　長瀬……く……」
　　顔をこれでもかというほど真っ赤にして、体までカチコチに固まらせて、上手く喋れていない様子だ。
　　そんな山崎は、ふと、長瀬が怪我をしていることに気付いたらしく……。
「腕、血が……」
　　顔を青ざめさせて、バタバタと自分の鞄から１枚のハンカチを取り出した。

そのハンカチを水で濡らし、長瀬に渡す。
　すると……。
「あれ？」
　突然、長瀬が声を上げた。
「このハンカチ、前に俺が……ああ！　山崎さん、前に一度会ったことあるよね!?」
　長瀬の言葉からして、長瀬が山崎のハンカチを拾ったのは本当だったんだと思う。
　そんな長瀬に、山崎はまた顔を真っ赤にした。
　そのまま長瀬は「ありがとう」と言って山崎にハンカチを返し、科学室を出て行った。

　その直後……。
「……時東くん」
「何？」
　俺がそう返事をすると、
「私が長瀬くんを好きになったのは、顔なんかじゃないよ」
　ハッキリと、さっき長瀬と話していた時とは別人みたいな喋り方で、山崎は言う。
「私が長瀬くんを好きになった理由は」
　"あの優しさと誠実さと……あのあったかい笑顔だよ"
　ハッキリと、山崎は言った。
　表情からして、その言葉は嘘じゃないだろう。
　……あったかい笑顔、か。
　そんな山崎の言葉を聞いて、俺はクラスメイトや友達が

いつも俺にかけてくる言葉を思い出した。
『凄く顔綺麗！　王子様みたい！』
『俺も一度でいいから、時東みたいにモテてぇー！』
『時東くん、格好いいー！』
　いつも、俺に投げかけられる言葉たち。
　みんな興味があるのは俺の顔だけで、俺の中身なんてどうでもいい。
　みんなこうなんだ。
　みんな同じなんだ。
　そう、思ってたのに……、山崎は、違う？
　だけどそこで、ふとした疑問が俺の頭をよぎる。
　そんなに長瀬のことが好きなら、さっさと告白すればいいのに。
　そう聞くと……。
「……私、なんでかわかんないけど……人前で話すとか、そういうのがダメで……。長瀬くんの前だと、もっと緊張しちゃって。それに、今の同級生っていう関係が壊れるのが……怖いから」
　と言って、山崎は俯く。
「最初から諦めてどうすんだよ」
　そう言っても、「私、きっと目も見られないよ」とゴニョゴニョと呟いている。
　いつもの俺なら、ここで、「じゃあ勝手にすれば？　俺には関係ないし」と、冷たい言葉を発していることだろう。
　でも……。

「俺が教えてやろうか？　いろいろと」
　山崎の手を握って俺がそう言うと、「……え？」と山崎は言葉を漏らした。
　そんな山崎に、俺は優しく微笑みながら言った。

「俺が、恋愛のことについて教えてやるよ」

　山崎は、他の人とはどこか違うから。
　だから、もっと知りたい。
　山崎に、もっと、近付いてみたい———……。
「え？　あ、え？　えぇ!?」
　途端にうろたえ始める山崎。
　そして山崎はガタガタと周りの椅子を蹴り倒しながら……。
「か、考えさせて下さいお願いしますぅぅ!!」
　と早口で言いつつ、科学室を出て行った……。
「ふっ、本当に面白い奴」
　クックッと声を出して笑いながら、俺は山崎が出て行った扉を見つめた。
　それにしても……、
「好きになった理由は、優しさと誠実さとあったかい笑顔……か」
　俺に告白してきた女の子はたくさんいた。
　でも、そんな言葉を発した女の子は、果たして今までいただろうか？

俺の記憶が正しければ、誰ひとりとして、いなかった。
「……俺も、言われてみたいな、そんな言葉」
　ポツリと呟いた言葉が、虚しく科学室に響く。
　そしてそのまま俺も科学室を出て、まだ職員室にいるはずの佐野先生に一応、「窓ガラス割れました」と伝えに行った。
　まあ佐野先生は、
「は？　ガラス!?　は!?　ちょ、ぇぇぇ!?」
　と、かなりうろたえている様子だったが、そんな佐野先生を無視して俺は帰った。

　そして次の日、放課後の科学室……。
　いきなり山崎が大きなダンボールを抱えて科学室に入ってきて、言ったんだ。
「私に、恋愛のことを教えて下さいっ!!」
　山崎の目は本気だった。
　自分で自分のことを「人前で話すとか、そういうのがダメで……」とか言っていたのに、俺の目を真っ直ぐ見つめている。
　俺が「それ、本気？」と聞くと、「う、うん！」と返ってきた返事。
「……そ。わかった」
　そっと、山崎の頬に触れる。
「いいよ。俺が恋愛について教えてあげるよ、山崎」
　山崎の耳元に、唇を寄せる。
　いや、山崎じゃなくて……。

「───ゆき」

それは、甘い甘い恋愛授業の、始まりの合図。

二時間目

授業の始まり！

「失礼しまーす」
　そう言って科学室の扉を開けると、あるひとつの影が目に入った。
「あ……時東くん」
「……ゆき」
　時東くんは私の姿を確認すると、スッと立ち上がって私に近付いてきた。
　え……っ？
「時東く……」
「さっき藍沢が来て、今日も用事ができたそうだ……。だから……」
　"今日はふたりきり"と、私の耳元で時東くんは囁いた。
　ビクッ！と私が肩を震わすと、時東くんは私の両肩を掴んで無理やり椅子に座らせた。
　な、ななななな……なにっ!?
「あの、えーと……」
「やるんだろ？　恋愛授業」
「え？　恋愛……授業？？」
「恋愛を俺が教えるから、恋愛授業。俺が講師で、ゆきが生徒。わかる？」
　そう言って、時東くんがスッと私の頬に指先を滑らせる。
　恋愛授業……か。

「あ、あの……まずは、手を離して頂きたいんですが……」
「やだ」
「そんな、時東く……」
「あと、時東くんって呼ばないでよ」
「……え？」
　一瞬、時東くんの言ってる意味がわからなかった。
　でも、すぐに私はその意味を理解した。
　その証拠に、カッと頬に熱がともる。
「そ、そんな！　下の名前で呼ぶなんて無理だよ……」
「俺だって、ちゃんと"ゆき"って呼んでんじゃん？　だから、ゆきも俺のこと"歩"って呼んでよ」
　「これも授業だから」と言って、時東くんはニコリと笑った。
「う……っ」
　結局私は、この目の前の王子様から『恋愛』を教えてもらうことになった。
　これから毎日、放課後、科学室で行われる恋愛授業。
　その内容はよく知らないけど、長瀬くんに告白したいから……。
「……本当に、言わなきゃダメ……なの？」
　ビクビクとおびえた顔をしながら、時東くんを見上げる。
　すると、時東くんはニッコリと輝かしいほどの笑顔を見せて……。
「これも授業だから」
　と、また繰り返した。

ううっ……授業って言われたら、言うしかないよね。
「……あの」
「何？」
「時束く……じゃなくて、歩……くん？」
　男の子の名前を下の名前で呼んだのなんて生まれて初めてだから、恥ずかしすぎて自分の顔が真っ赤になるのがわかる。
　いやあああぁ！
　恥ずかしいにもほどがあるっ!!
「……歩"くん"？」
「え……っ」
　不思議な語尾の上がりように、少しだけ首を傾げる。
　ま、まさか……。
「ほ、本当に呼び捨てなんて無理だよ!?　くん付けが精一杯っていうか……っ」
　下の名前を呼んだのも今のが初めてなのに、さらに呼び捨てなんて、絶対……。
　無理っ!!
「ま、今はそれで許してやるよ。時間をかけて、じっくりやっていくから」
「じっくり……？」
「そう。じ～っくり、ちゃんと教えてやるから。な？」
　色っぽい時束く……じゃなくて歩くんの声がすぐ近くで聞こえてきて、さらに顔が熱くなる。
　はうぅ……私、これからちゃんとやっていけるかなぁ？？

「……何、ゆき、"私、これからやっていけるかな〜"みたいな顔してんの？？」
「えぇ!?」
　な、なんで私が考えてることわかったの!?
「ゆきさ、自分で気付いてないだけで、凄く顔に出てるから」
「本当……に？」
「本当に。でもさ、今みたいなのでそんなに恥ずかしがってたら……この先、倒(たお)れちゃうかもよ？」
　そう言って、歩くんはスルスルと私の手を優しく撫(な)でた。
　乾(かわ)いた指先の感触(かんしょく)が直接肌(ちょくせつはだ)に伝わってきて、ピクッと肩が跳ねる。
　でも、"この先"って……？
　少し怖かったけど、凄く気になったから「この先って何？」と聞いてみた。
「……聞きたい？」
「あの、まあ……はい」
　私がそう返事をすると、歩くんはニヤリと笑って……。
「この先って言うのは……」
　私はひと言たりとも聞き逃(のが)すまいと、しっかりと歩くんの言葉に集中していた。
　だけど……。
　———ガララッ。
「お、なんだー山崎、時東！　もう来てたのかぁ？？」
　歩くんの言葉をさえぎって、突然、佐野先生が入ってきた。
　歩くんは特別ビックリした様子ではなく……。

「佐野先生が遅すぎなんですよ」
「まあ、そう言うな時束。先生だって忙しいんだ」
　佐野先生の大きな声によって、歩くんの言葉は途切れてしまった。
　私からパッと体を離し、適当に先生と話をしている。
　"この先"って、結局なんなんだろ？
　まさか……。
「いやいやいや、そんなことあるワケないよ……。いや、でも……」
「ゆき、何ひとりで百面相なんてやってんだよ？」
「へっ!?」
　フッと前髪に歩くんから息を吹きかけられて、もの凄くマヌケな声を出してしまう。
　わああああ！
　歩くん、後ろに佐野先生がいるってばあ!!
「何？　お前たちって、まさかそういう関係なわけ？？」
　佐野先生が目を細めて、私と歩くんを交互に見る。
　いや、いやややや……。
「違います！　私と歩くんは……」
「あれ山崎？　"時束くん"から"歩くん"に変わってね？？」
「それ……は……」
　なんて説明していいかわからず、あたふたと手を動かす。
　ど、どうしよう……まさか、恋愛授業のことを話すわけにもいかないし……。
「お前ら、もしかして俺に隠れて何か———」

「佐野先生」
　歩くんの低い声が聞こえてきて、ビクッと肩が跳ねる。
　そんな歩くんの顔は、もの凄く不機嫌で……。
「もし俺とゆきが"そういう"関係なら、佐野先生の今の立場わかります？」
「……時東、お前、マジでキレるなって。邪魔したのは悪かった。だけどな、学校でそういうことはだな、いろいろマズいというか」
　何を想像してるのか、顔を真っ赤にしてゴニョゴニョと口ごもる佐野先生。
　ちょ、ちょっと待って……！
「さ、佐野先生！　そういうことも何も、私と歩くんはそういう関係じゃありませんから！」
「え……そうなの時東？」
　パチクリと目を丸くして、歩くんの方を向く。
　すると歩くんは、ニコッと可愛らしい笑みを見せ……。
「ただの冗談です。こんな冗談も真に受けるなんて、やっぱり佐野先生は佐野先生ですね」
「おいこら時東、それどういう意味だ」
　悪い冗談を言われて腹が立っているのか、佐野先生はムッと眉間にしわを寄せる。
　そんな佐野先生は、コホンとひとつ咳をすると……、
「まあ、そういう冗談はほどほどにしてだな。実は、お前たちに頼みたいことがあって来たんだ」
「頼みたい……こと？」

私がそう呟いて首を傾けると、佐野先生は「そう！　頼みたいこと！」と言ってビシッと人差し指を立てる。
「あのな、この前……サッカー部の長瀬が窓ガラスを割ったろ？」
「長瀬くん……？」
　いきなり長瀬くんの名前が出て来て、過剰に反応してしまう。
　そういえばあの割れた窓ガラス、えらく大ざっぱに補強されてるけど……。
「実はな、大まかなガラスしか拾ってなくてな……たぶん、まだ小さな破片が落ちてると思うんだよ」
「ええ!?　な、なんで拾わないんですか!?　危ないでしょ!!」
「だって、面倒臭いもん」
　子どもみたいに言う佐野先生に、思わずため息が出そうになる。
「このままにしておくと、山崎の言ったとおり危ないんだ。だから、ふたりでその片付けよろしくっ！」
「はい!?　佐野先生、ちょっと待って……」
「ゆき」
　科学室から出て行く佐野先生を追おうと足を動かした瞬間、いきなり歩くんの声が聞こえてきてグイッと後ろに引っ張られる。
　ふぇ……？？
「先生なんてほっとけよ。俺とふたりきりになりたくないわけ？」

「あ……っ」
　耳元でそんな大人っぽい声が聞こえてきて、ドバッと汗が吹き出してくる。
　そしてガララッと、科学室の扉が閉まる音がした……。
　またさっきみたいに、歩くんと私、ふたりきりになる。
　何？　なになに？？
　今、私にはいったい何が起こってるんでしょうか？？
「……いや、あ……ふたりきりになりたくないってワケじゃ」
「じゃあ、なんで先生を引き留めようとしたわけ？」
　少し不機嫌そうな顔で、歩くんは私の顎をスッと撫でる。
　「ひゃっ」と思わず声が出てしまい、私はすぐに歩くんから顔を逸らした。
「ご、ごめんなさい」
「別に、そんぐらいのことで謝らなくてもいいよ」
　そう言って歩くんは、少し屈ませていた体を元に戻した。
「まあ、頼まれたものは仕方ない。ガラスの片付け、やろっか」
「は、はい！」
　さっきの混乱がまだ頭の中に残っていたのか、慌てて返事をして声が裏返ってしまう。
　そんな私に気付いた歩くんは、クスッと笑いを漏らして私から目線を逸らした。
「……うぅっ」
　笑われちゃったよ……。
　ああもう！　落ち着け自分!!

「ああでも危ないから、ゆきはしなくてもいいよ」
「はひ？？」
　いきなり聞こえた歩くんの声に、また変な声を出してしまう。
　……もう、ヤダ。
「ガラスとか触って、怪我なんてしたらどうするんだよ？　ゆきは、適当に座ってて」
「え、でも……」
　この言葉が、歩くんの優しさだってことはわかってる。
　でも……、私ひとりだけボーッとしてるっていうのもなぁ……。
「大丈夫！　私、ガラスで怪我するようなドジなんてしたことないし!!」
「でも……」
「ね？　歩くんが私のこと心配してくれてるってことはわかってるけど、歩くんのお手伝いがしたいから……。ダメ、かな？？」
　そう言って笑うと、歩くんは少し驚いた顔をして……。
　次の瞬間、なぜか顔を真っ赤にして、歩くんは私から顔を逸らした。
「？？」
「じゃあ、そこらへん……ホウキではいててよ」
「あ、うん」
　歩くんの反応を不思議に思いながらも、私は掃除用具入れからホウキを取り出してはきだす。

コツコツと、歩くんは布でガラス片を集めている。
　あ、大きなガラス発見……。
「これなら、手で取った方がはやいよね」
　私はそう思い、スッとそのガラス片に手を伸ばした。
　だけどその瞬間……。
　───ジクリッ。
「い……つっ!?」
　急にガラスに触れた指先が痛くなり、手をバッと引っ込める。
　……もしかして、やっちゃった？
「ゆき、どうかした？」
「え？　いや、なんでもないよ」
　なるべく平静を装い、歩くんに言葉を返す。
　だって、さっき私「ドジなんてしたことないし!!」って自負したばかりなんですよ？
　なのに、「怪我しちゃいました」なんて……。
　言えるわけないっ!!
「……ゆき、何で手隠してんの？」
「えっ？」
　不自然に隠した右手が気になったのか、目をグッと細めて歩くんは私を見つめた。
　平静を装え、自分！
　なるべく自然に笑え、自分!!
「な、なな、なんでもないよー、あはは―」
「……」

「あは……は……」
　……思いっきり噛んだし、笑い声も棒読みいいい!!
「手、見せて?」
「……なな、なん、で?」
「……さっきから、言葉噛みすぎ。ほら、早く手出して」
　ギロリと睨まれて、私はおずおずと「……はい」と答えた。
　そして隠していた右手を、歩くんの目の前に差し出す。
　やっぱり私の指先からは、少しばかり血が流れていた。
　ズキズキと、痛い。
「……はぁ」
「うっ」
　歩くんが重苦し〜いため息をついた瞬間、ピクッと肩が跳ねた。
　ううう……絶対に、呆れられちゃったよね。
「……ねぇ、ゆき。ここで問題」
「ふぇ??」
　も、問題??
　いきなりの歩くんの問題です発言に、目が丸くなる。
「彼女がこういった怪我をした時、彼氏はどうすべき?」
「え? それって、もしかして恋愛授業??」
「そ。男の行動とかを知るのも、ある種、大切なことだから」
　そう言って、歩くんは「ほら、答えは?」と私の返事を急かす。
　え? 彼女が怪我をした時に、彼氏さんがどうすべきか??

「え〜と、あ、絆創膏を持ってくる……とか？」
「その前に、やることがひとつあるよね？」
「やること？　へ？？」
　その"やること"を考えるも、なかなか思いつかなくて……。
「わかり……ません」
「……ふ〜ん」
　私がそう言うと、歩くんはニコリと笑って意味深にそう呟いた。
　「ふ〜ん」って、なんだろ？？
「……答え、知りたい？」
「う、うん。まぁ……」
　そこまでじらされると、逆に知りたいのが私なわけで……。
「……消毒だよ」
「ああ！　消毒かぁ!!」
　歩くんの言葉に、もの凄く納得してしまう。
　確かに、消毒してから絆創膏だよね。
「……ゆき、たぶんゆきが思ってる"消毒"は普通の消毒」
「え？　普通の消毒……じゃないの？？」
　キョトンとした顔でそう尋ねると、歩くんはニコリと笑って……。
「こういうこと」
　そうひと言だけ言って、怪我をしている右手をとって……。

「え―――……？」
　そのまま、その傷付いた指先をパクリとくわえた。
　くわえ……た？

　―――ドクンッ。

「〜〜〜っ!?」
　心臓が１回だけ大きく跳ね、そのまま思考回路がパッタリと閉じてしまった。
　だって、だっ……。
「あゆ……むく……っん？」
「何？」
「ひゃっ！」
　歩くんが喋った瞬間に、柔らかい舌が指先の傷口に触れる。
　あう……変な声出ちゃうよぉ……。
「何って……なんで、くわえて……イヤッ」
「イヤなの？」
「あ、えーと……」
　少し寂しそうな表情で見上げられて、"イヤ"ってハッキリ言えなくなる。
　た、確かに、こういうのも消毒って言うけど……。
「汚いよ？　だから……」
「ちょっと黙っててよ」
　歩くんは私の声をそう遮ると、怪我をしていない指先までペロリと舐めあげた。

「あ……っ」
「何その声？ 誘ってる？？」
「ち、違うよ!!」
　"誘ってる？"という単語(たんご)だけでも、顔に熱が集中する。
　あと、「誘ってるって何を？」という質問は口に出しちゃダメなような気がする。
　そしてそのまましばし舐められ、"チュッ"というリップ音とともに指先は歩くんの口から離された。
「これが答え。わかった？」
「……う、うん」
　嘘。わかってなんて、まったくない。
　何が起こったかもわからなくて、顔が熱すぎてもう……。
「……ゆき」
「ふぇ？？」
　いきなり歩くんは私の名前を呼んで、何を思ったのか私の唇(くちびる)を優しく撫でた。
　あ……もうダメ。
「わ、私、用事があるんだった!!」
　大きな声でそう言って、私は歩くんから顔を逸らす。
「用事？」
「あ、あはは！ 本当にごめんなさい！ 私、もう帰るね!!」
　かなり無理がある言い訳(わけ)だったけど、私はそう言って自分の鞄を掴むと科学室を飛び出した。
　───ガララッ。
　扉が閉まる音がしたと同時に、私の体の硬直(こうちょく)が少し解(と)ける。

ドキドキ、ドキドキ……。
　そんなふうに高鳴っている心臓の音は、一向に鳴り止まなくて……。
　歩くんの恋愛授業、これは予想(よそう)以上に……。
「……私」

　これは絶対、苦手科目(かもく)だ。

サボっちゃいました……。

「……行かなきゃダメ……だよね」
　私は沈んだ気持ちを抱えたまま、トボトボと科学室に向かって歩いていた。
　昨日、結局はあのまま科学室を飛び出して家に帰って……。
　夜、あんまり眠れなかった。
「だって、指……っ」
　歩くんに指先を舐められた時の光景(こうけい)が浮かび、また顔が真っ赤になる。
　感触とかも、まだ残ってるみたいに指先が熱い……。
「ううっ……絶対に、歩くんと顔合わせらんないよ」
　絶対に無理。
　本当に無理。だから……。
「今日は部活は休もう！　うん!!」
　自分で自分の考えに「グッドアイデア！」なんて言いながら、私は科学室に向かっていた足の向きを真逆(まぎゃく)に変えた。
　長瀬くんの姿が見たいけど、今日はそれどころじゃないっていうか……。
「……山崎さん？」
「へっ？？」
　いきなり目の前に現(あらわ)れた人に、思わず目が丸くなる。
　そしてその反動(はんどう)で、体勢がグラリと揺れて……。

「ぎゃっ!?」
「あ、ちょ……っ」
　いきなり後ろに倒れそうになる私の腕を、さっき私の名前を呼んだ"誰か"が掴もうとする。
　でも……。
　───ドシンッ。
　……結局私は、そのままコケてしまった。
「いったあ……」
「山崎さん、大丈夫？」
「あ、藍沢くん！」
　目の前には、私の顔を心配そうに覗き込む藍沢くんの姿があった。
　わわ、恥ずかしいとこ見られちゃったな……。
「ご、ごめんなさい……っ」
　慌てて、その場に起き上がろうとする。
　だけどその瞬間に、ズキリと激しい痛みが後頭部を襲った。
「いた……っ」
「!?　大丈夫？」
　藍沢くんは慌てた様子で、私が手で押さえている部分を見る。
　さっき、思い切り頭打っちゃったもんな……。
「少し打ったみたいだね。ちょっと待ってて」
　落ち着いた声でそう言うと、藍沢くんは近くにあった水道に行って自分のハンカチを濡らす。
　そしてそのハンカチを、私の頭にあてた。

「……痛む？」
「ううん、大丈夫。ありがとね」
　そう言って笑顔を返すと、藍沢くんは「別に」とだけ言ってそのハンカチを私に渡(わた)した。
　ヒヤッとして気持ちいい……。
「……じゃあ行こう。山崎さんも、今から部活に行くんだろ？」
「えっ、いや……今日は」
「？　どうかした山崎さん？？」
　いきなり顔を歪ませた私を、藍沢くんは不思議そうに見つめる。
「いや、あの……今日は、部活をお休みしようかと……」
　私がそう言うと、藍沢くんは凄く驚いた顔で「山崎さんが部活を休むなんて……」と言葉を漏らした。
「へ？？」
「いや、山崎さんが部活を休むなんて、初めてだから……」
　藍沢くんはそう言って、意外そうな顔で私を見つめる。
　確かに、私は今まで１回も部活を休んだことなんてなかった。
　……もちろん、長瀬くん目当(めあ)て。
「あ、あははー、ちょっと、急用ができちゃって……」
「そっか。なら仕方ないね。佐野先生には、俺から伝えとくよ」
「うん。ありがとね」
　そう私が返事を返すと、藍沢くんは「じゃっ」と言って

行こうと……。
「あ、あの藍沢くん！　このハンカチは……」
　そう言って、藍沢くんを追いかけようと立ち上がる。
　でも……。
「……あれ？」
　気付いた時にはもう、藍沢くんの姿はどこにもなかった。
　ハテナマークだけが、頭の上に浮かぶ。
「まあ、明日渡せばいっか」
　どうせ、明日も科学部はあるんだし、渡すならいつでも……。
「……明日は」
　さすがに科学部に行かないと、まずいよね。
　でも……。
「やっぱり、歩くんとは顔合わせらんないよぉ……」
　そんな気持ちをズルズルと引きずったまま、その日私は家へと帰り……。

　恋愛授業を、サボった。

　──次の日になっても、私はビクビクと学校生活を送っていた。
　だって、歩くんとバッタリ廊下で会うってこともあるし……。
　そうしたら、昨日なんで科学室に来なかったのか、絶対に問い詰められる!!

「……その時は、正直に言うべきなのかなぁ」
「ん？　なんか言った？？」
「ううん！　なんでもないよ」
　そう言って、隣で歩いている紗希ちゃんに笑顔を向ける。
「ほら、早く行かないと、売店のパン売り切れちゃうよ？　てか、昼休み終わっちゃうし」
　そう言って、スタスタと歩いていく紗希ちゃん。
　ま、待ってよ紗希ちゃーん！
「───わっ!?」
「おっと……っ」
　紗希ちゃんを追いかけようと走っていたら、いきなり誰かとぶつかってしまった。
　わわっ……だ、誰だろ？？
「ご、ごごごめんなさい……」
「……山崎さん？」
「ふぇ？？」
　名前を呼ばれて、つい間抜けな声がでてしまう。
　そして伏せていた顔を上げると、そこには……長瀬くん。
　……へ？？
「なな、長瀬くん───!?」
「また偶然だね、山崎さん。あ、もしかして今から売店？」
「は、はいです!!」
　はいですってなんだよ。と心の中で突っ込んでいたら、長瀬くんも可笑しいと思ったのか「クスッ」と少しだけ声を漏らして笑った。

わ、笑われちゃったよぉ……っ！
「あああ、あの……今のはっ」
「あーでも、もう売店、パン売り切れちゃってたなぁ……」
「ええっ!?」
　いきなりの告知(こくち)に、つい大声を出してしまう。
　横で私たちの会話を聞いていた紗希ちゃんも、「嘘っ!?」と声を出した。
「うん。今日は、俺が買ったパンで最後だったから……」
　そう言って、袋(ふくろ)を見せる。
　もう売店のパンが売り切れってことは……まさか、今日はお昼ご飯(はんぬ)抜きっ!?
「そ、そんなぁ……」
「山崎さん、そんなに落ち込まないでよ。……あ、良かったら、俺のパンいる？　そっちの人もどうぞ」
そう言って、長瀬くんは紗希ちゃんにもパンを差し出す。
　……え？？
「そ、そそそそんな！　せっかく長瀬くんが買ったのに、そんなこと……」
「いいからいいから。ね？　俺、今日はいっぱい買ってるし」
　そう言って、もう片方の手に持っている袋を見せてくれた。
　本当にいっぱい買ったんだ長瀬くん。
　でも……。
「……本当に、いいの？」
「うん。遠慮(えんりょ)しないで。前に科学室のガラス割ったおわびだと思って。ね？」

「……じゃあ」
　「ありがとーございます」と言って、長瀬くんからパンを数個受け取った。
　えへへ……。
「長瀬くんから、パンもらっちゃった……」
「……なーんか、ゆきが長瀬くんのことが好きな理由、わかった気がする」
　そう言って、紗希ちゃんは私の頭を優しく撫でる。
「そうでしょ？？」
　そう紗希ちゃんに言ってから後ろを向くと、もう長瀬くんの姿は小さくなっていて……。
　───トクン……。
　心臓がそんなふうに、1回だけ跳ねた……。
「じゃあ、教室に戻ろっか、紗希ちゃ───」
「……ふ〜ん、俺がいなくても上手くいってるってわけ？」
　少しだけ笑みを含んだ声が聞こえてきて、ビクッと肩が震えた。
　……いや、違うよね？
「昨日、休んだのはそれが理由なの？」
　……違う違う。この声が近付いてきてる気がするのは、ただの気のせい。
「ねぇ、そうなの？　ゆき」
と言って、私の肩にポンッと手を置いた。
「……歩、くん」
　声がする方を見ると、歩くんがニッコリと王子様スマイ

ルで私を見ていた。
　周りにいる女の子たちが、ざわめき出す。
「……ねえ、ちょっとこの子借りていい？」
　そう言って、目の前の王子様は紗希ちゃんに目線を向ける。
　紗希ちゃんは「え？」と声を漏らすも、いたって冷静に……。
「どうぞどうぞ」
　さ、紗希ちゃあああああん!!
「そ。じゃあ行こっか、ゆき」
　と耳元で囁いて、歩くんは私の腕を掴んで引っ張った。
　そのまま引っ張られるがままに歩いていって、人があんまり来ない場所に連れて来られてしまった……。
「……あのぉ」
「昨日」
　"昨日"という言葉に、ギュッと手に力が入る。
　やっぱり、昨日の……。
「なんで、部活休んだわけ？」
　すんごくイライラした顔で、歩くんは私を見つめた。
　わああああ！
　かなり怒ってるよ歩くんっ!!
「……すいません」
「すいませんじゃないから。しかも、俺に言いに来るならまだしも、藍沢に言って帰るってどういうこと？」
　そう言って、歩くんは私の顔を間近で覗く。
　その口元から真っ赤な舌がのぞき、あの光景がまた……。

「あ、歩く……っ」
「……？　何、顔真っ赤にしてんの？？」
　意味がわからないというふうに言って、私の首元に手を差し込んでスリッと撫で上げる。
　わああ！　わああああ!!
「……や、休んだことはごめんなさい。歩くんと、顔合わせられないって思っちゃって」
「それって、俺とは会いたくなかったってこと？」
「そ、そういう意味じゃ……」
　キッパリと否定(ひてい)しようとして、伏せていた顔をバッと上げる。
　そしたら歩くんの顔が、思ったより近くにあって……。
　───ドキンッ。
　心臓が、妙(みょう)に跳ねる。
　おかしい。
　私、歩くんから指先を舐められてから、おかしくなってる。
　すごく……ドキドキしてる。
「……まあとにかく、今日は絶対に科学室に来ること」
　ため息混じりにそう言うと、歩くんは私から顔を離す。
　は、はぁぁ……ドキドキした。
「わかった？」
「は、はい!!」
　私がそう返事をすると、歩くんは、
「来なかったら、どうなるかわかるよね？」
　という言葉を残し、私に背を向けて行ってしまった。

「……ふええ」
　私は変な声を出しながら、その場に座り込む。
　胸に手を当てても、なかなかドキドキはおさまらなくて……。
「歩くん、凄く怒ってたな……」
　やっぱり昨日、部活休むんじゃなかった。
　恋愛授業も……。
「でも私、歩くんといたら心臓がいくつあっても足りないんだよ？」
　そのことをわかってるのか、わかってないのか……。
　余裕たっぷりの笑顔の歩くんの姿が、頭から離れなかった……。

王子様のお怒り

「……失礼しまーす」
　そう言って、ガララッと優しく科学室の扉を開ける。
　あれ？
　まだ歩くんの姿は……ない？？
「山崎さん。今日は来てくれたんだ」
「あ、藍沢くん！」
　隣の科学準備室から、白衣を着た藍沢くんが姿を現した。
　試験管を何本か持って、何か実験をしている様子……。
「わあ、なんか白衣姿の藍沢くん、久しぶりに見たかも」
「ああ、まぁ……久しぶりに、科学部に来たから」
　そう言って、藍沢くんは科学室の中に入った。
　私も、その後を追う。
「あ、そうだ藍沢くん！　昨日借りたハンカチ、返すの忘れてた」
「ハンカチ？」
「うん。これ……」
　そう言いながら、昨日借りたハンカチを藍沢くんに渡す。
　ちゃんと洗ってアイロンもかけたし、シワとかはないはずだけど……。
「ん、ありがと」
　そう呟いて、藍沢くんは私からそのハンカチを受け取った。
「それより頭、大丈夫？」

「へ？？」
　いきなり藍沢くんはそう言って、私の頭に手を乗せた。
　わわ……っ!?
「だ、だだ、大丈夫だよ！」
「本当に？」
「ほほ、本当に……っ」
　藍沢くんがグッと顔を近付けてくるもんだから、ついオドオドと変な態度をとってしまう。
　ひゃああああ！
　だ、誰か来てぇぇ!!
「───邪魔」
　誰か来てと望んだ途端、そんな声が真横から聞こえてきた。
　いや、誰か来てって思ったけど……決して私は、こんなどす黒い声を望んだわけじゃない。
「邪魔って言ってるのが聞こえない？　早くどいてよ」
「……えっ」
　振り返ると、そこには想像通り、どす黒いオーラの歩くんが……。
　いやああああっ!!
「あ、歩……くん？」
「そこにいられると、中に入れないんだよね。だから邪魔って言ってんだけど……。聞こえなかった？」
　そう言うと、歩くんはグッと私に顔を近付ける。
　わ、顔近い……っ！
「歩……くっ……」

「わかった。どくよ。だからそんなに、山崎さんに近付かないでくれるかな？」
「へ？　わ……っ」
　いきなり藍沢くんはそう言って、私の体を自分の方に引き寄せる。
　な、なんで？？
「……なんで、近付いちゃダメなわけ？」
　笑顔でそうは言うものの、やっぱり歩くんの目は笑ってなくて……。
「山崎さんが困(こま)ってるだろ」
「……あっそ」
　歩くんはそれだけ言うと、私から顔を離してそのまま科学室の中へと入っていった。
　あ、どうしよう……。
　きっと歩くんは、私が昨日休んじゃったから怒ってるんだ。
　全部、私のせい———……。
「あ、ああ、歩くん！」
「……何？」
　私が歩くんの袖(そで)を掴むと、歩くんは不機嫌そうに私を見た。
　謝らないと。
　ちゃんと……。
「ごめん……なさいっ」
　キュッと、手に力が入る。
　後ろでその光景を見ている藍沢くんは、「山崎さん？」と不思議そうな顔をしている。

でも、私にはそんなことを気にする余裕なんてなくて……。
「あの、私……っ」
「何、謝ってんの？　ゆきは、俺に謝んなきゃならないことでもしたの？？」
「え……っと……」
　ちゃんと言葉にしなきゃダメってわかってるのに、簡単(かんたん)な言葉ほどなかなか出なくて……。
「……あのっ」
「もうこの話は終わり！　さ、部活しよ、部活‼」
　パンッと歩くんは手を叩いて、無理やりこの話を止めさせる。
　あ……っ。
「歩くん、まっ……」
「ほら、ゆきも早く白衣着れば？」
　そう言って、歩くんは私に白衣を渡してくれる。
　そして歩くんも白衣を着ると、私にプイッと背を向けた。
　……言えなかった。
「───っ……」
　キュッと、歩くんに渡された白衣を両手で握る。
「そうだね。早く部活をしよう」
　藍沢くんもそう言って、私の横を通って科学室の奥に入っていく。
「……私のバカ」
　一度タイミングを逃(のが)したら、言葉っていうのはなかなか

出てこなくて……。

　そして、そのまま部活はいつも通り行われ、結局……、
「───じゃあ今日の部活は終了。解散!!」
　そんな佐野先生の声によって、今日の部活は終わりとなった。
　……とうとう、本当に何も言えなかった。
「はぅぅ……」
「どうしたの山崎さん？　まだ帰らないの？？」
「藍沢くん……」
　藍沢くんは白衣を脱いで鞄を持ち、もう帰る準備はできてるようだ。
　じゃあ、歩くんは……？
　私はそう思い、後ろにいる歩くんの方を見てみた。
「あ、俺はもうちょっとここにいるから。先帰っててよ」
「？　残って、何かするのか？？」
　不思議そうな表情で、藍沢くんは歩くんを見つめる。
「……別に」
　そう言って笑う、歩くん。
　藍沢くんは「そぅ」と言って、科学室を出て行った。
「あ、えーと……」
　ど、どうしよう？
　歩くんには、今、言うしかないよねぇ？？
　でも……。
「山崎さん、もう外暗いし、帰ろ」

「へ？　あ、はい！」
　……"はい"って言っちゃったよ。
「じゃあ、またな時東」
「……また、ね。歩くん」
「……ああ」
　歩くんはこっちを一度も見ずに、ただひと言そう言った。
　———ズキッ。
「……痛い」
　なんでかわからないけど、胸が少し痛い。
　私、歩くんを怒らせちゃった。
　私、歩くんに……嫌われた？
「……」
　私は無言のまま、ピタリとその場に立ち止まった。
　少しの間、藍沢くんと歩いていたから、もう科学室からはだいぶ離れていた。
　もしかしたら、もう歩くんは科学室にはいないかもしれない。
　でも———……。
「？　山崎さん？？」
「あ、私、科学室に忘れ物しちゃった！　ちょっと取りに行ってくるから、藍沢くんは帰っててもいいよ」
「忘れ物？」
「う、うん」
　ああ、なんで自分はこんな簡単な理由しか思いつかないんだろ。

そんなことを思いながら、私はギュッと鞄を握りしめる。
　ううっ……嘘だってバレないでぇ……。
「……そっか」
　そんな優しい声が聞こえてきて、パッと伏せていた顔を上げる。
　するとそこには、いつもどおりの藍沢くんがいて……。
「じゃあ、もう俺は帰るから。またね山崎さん」
「は、はい！　また……明日!!」
　バレなかったぁ！と心の中で安堵しながら、私は藍沢くんに背を向けた。
「……山崎さん」
　そう呼び止められた気はしたけど、その後に藍沢くんが発した「あんまり時東には、近付かない方がいいよ」という声は、その時の私には届かなかった……。

居残り授業です。

　　───ガラッ！
　何も考えずに走って、何も考えずに科学室の扉を開けた。
「……はっ、はっ」
　息が荒(あら)い。
　私はうつろな目で、科学室の中を見渡す。
　歩くんは……。
「───遅いんだよ」
　イラついてるような、それでいて少し嬉しそうな声が、科学室の中に響いた。
「戻ってくるなら、もっと早く戻ってこいよ。それが正解(せいかい)」
「……」
「ゆきはちょっと、遅すぎたかな」
　と言って、椅子に座った歩くんは腕と足を組んで私を見つめる。
　その姿はまさに……王子様。
「……歩くんっ」
「ま、ゆきの場合は、戻ってきただけでもまだ───」
「ごめんなさいっ!!」
　まだ歩くんが話している途中(とちゅう)だったが、私はいてもたってもいられなくてその場で頭を下げた。
　すると、歩くんは少し驚いた顔で、「え？」と言葉を漏らす。

「あの、歩くん……怒ってるよね？　私が、昨日休んじゃったから」
「は？　ちょ……」
「だから、私……歩くんに、嫌われてっ」
「はぁ？？」
　歩くんは意味がわからないというような声を出すが、そんなことにも私はお構いなしで……。
「ごめんなさい。ごめんなさ……私……」
　息が苦しくなって、スカートの端を両手でキュッと握りしめる。
　謝らないと。
　謝らないと、私……。
「————ゆき！」
「は、はひぃ!?」
　いきなり大声で名前を呼ばれたと思ったら、私の体は歩くんに包み込まれていて……。
　————え？
「あ、あああ、歩くん!?」
「……落ち着けよ」
「無理です!!」
「落ち着け。命令」
「命令って……」
　ただでさえパニックになってたのに、歩くんに抱きしめられたら、余計に————!!
「……落ち着けよ」

「あ……っ」
　耳元でしっとりと囁かれ、ピクッと肩が跳ねる。
　わあああぁ！
　い、息が、耳にあたって……。
「歩くん！　まっ……」
「……あと、なんでそんなに謝ってるわけ？　嫌いになるとかならないとか、何？？」
　私が歩くんの腕を振りほどくのも無視して、歩くんは言葉を囁いていく。
　ううっ……。
「だ、だって私、昨日休んじゃったから……それで、歩くんが怒っちゃって……」
「嫌われたと思った？」
「……うん」
　私がそう頷くと、歩くんは私を抱きしめたまま「はぁ〜」とため息をついた。
　へ？　何？？
「歩……くん？？」
「ゆきは長瀬が好きなんだろ？　なら、俺から嫌われたって別に……」
「よくないよ！」
　そう言った私の声が、科学室に響いていく。
　よくない。いいわけない。
「歩くんは私のために、恋愛のこと教えてくれてるのに……その優しさを踏みにじるようなこと、したくない」

「……」
　「優しさ……ねぇ？」と歩くんは呟いて、私の首元に鼻先を擦り寄せた。
「ひゃ……っ」
「まあ、昨日ゆきが休んだことは許されないことだけど、そんぐらいで怒らないし、嫌いになんないから」
　そう言って、私の体に回している腕にキュッと力を入れる。
　わわわっ、歩くんの体、密着してるんですけどぉぉ!?
「……あうっ、えーと。じゃあ、怒ってないの？」
「怒ってるっていうか、不機嫌かな」
「不機嫌？？」
　私がハテナマークを浮かべてそう聞くと、歩くんは「そ、不機嫌」と言って、横から私の顔を覗く。
　その顔は、なんだか凄く意地悪そうな顔で……。
「ゆきに藍沢が触れてたから、ムカついた。ヤキモチだよ。わかる？」
「ヤキ……モチ？？」
「そ。ヤキモチ。ゆきを俺だけのものにしたいってこと」
「お、お、俺だけのもの？？」
　歩くんのその言葉に、ドキドキと心臓の鼓動が速くなる。
「うっ、あ、えーと……」
「ははっ、冗談だよ冗談。ねぇ、ドキドキした？」
「冗談っ!?」
「こんな言葉にも慣れないと。これも恋愛授業だから」
　そう言って歩くんは、"チュッ"と音を立てて私の頬に

軽く唇を付けた。
　……はひ？？
「〜〜〜っっ!?」
　あ、あああ、歩くんにキスされたあああ!?
「歩くんっ!?」
「そんなに慌てなくてもいいじゃん。これも授業だから」
「じゅ……ぎょう？」
「そ。昨日しなかった分、今日は居残り授業」
　そう言って、また歩くんは私の頬に唇を付ける。
　わわわわわっ…!?
「じ、授業ってこんなことまでするの？」
「もし、ゆきが長瀬と付き合ったとしたら、きっと長瀬だってゆきにキスぐらいする。その時にゆきがそれを拒んだらきっと……」
「……きっと？……」
「長瀬はゆきを嫌いになる」
　歩くんはそう言って、真剣な顔で私を見た。
　き、嫌われるっ!?！？
「ゆき、いきなりキスとかされたら絶対に拒むだろ？」
「はい、拒みます！」
　ハッキリ言える。
　絶対に拒む。
　だって、いきなりキスなんて、恥ずかしいしパニックになっちゃうし……。
「だから、今のうちに慣れさせてんの」

そう言って、歩くんは私の耳に軽く唇をつけた。
「ん……っ!?」
　ギュッと目をつぶって、なんとか歩くんのキスに耐える。
　だって、もし長瀬くんと付き合えたとしたら、こんなことで嫌われたくない。
　だから……。
「がん……ばり、ます」
「……ははっ、生徒の鑑だな」
　クスクスと、私の耳元で可笑しそうに笑う。
　生徒の鑑……か。
「なら、歩くんは先生の鑑だよ」
「ふ〜ん。どのへんが？」
「だって歩くん、私のためにいろいろとしてくれて……私のためにいろいろと教えてくれて……先生の鑑だよ」
　そう言って、私は歩くんの服の袖をキュッと握った……。
「───っっ……」
　歩くんはなぜか、凄く驚いた顔をしている。
「？　歩く……ん」
「……ああでも、ある意味では先生失格かも」
「へ？？」
　歩くんはそう言ったと同時に、私の体に両腕を回してそのまま抱き上げた。
「あ、歩くん!?」
「ちょっと黙ってて」
「え……っ」

顔の間近でそう言われ、グッと言葉を詰まらせる。
　い、今から何をするんだろ？
「あの……」
「ゆき、結構軽いな。ちゃんとご飯食べてんの？」
「え？　うん。まあ……人並みには食べてるつもりだけど……」
「まあ、いいや。軽い方が……」
　「膝に乗せやすい」と言って、歩くんはニコッと笑顔を見せた。
　……"膝に乗せやすい"？
「ひ、ひざ？？」
「動かないで、ジッとしてろよ」
　そう言ったと同時に、歩くんは椅子に座って、その膝の上に私を乗せた。
　乗せ……た？
「はぅあああ!?」
「何、奇声出してんの？　耳に響くから止めてよ」
「でもでもでもでも……」
「……"もで"？」
「でもっ!!」
　頭の中がパニックになって、上下左右もわからなくなる。
　うわああ、頭の中がグルグルグルグル……。
「歩くん！　こ、この体勢はちょっと……」
「授業だから」
「授業って……」

その瞬間に、なんの授業だろ？という疑問が頭の中に浮かぶ。
　こ、この体勢でやる授業って……いったい何？？
「手、出してよ」
「……手？？」
「っそ。手」
　歩くんにそう言われ、そっと右手を差し出す。
　すると歩くんはその差し出した手に、自分の手を絡め……。
「ふぇ!?」
「さて問題です。恋人同士は、どうやって手を繋ぐでしょ？」
　歩くんはそう言って、答えを急かすように私の顔を覗く。
　手を繋ぐ？
　え？　はい？？
「ふ、普通に繋ぐんじゃないの？？」
「実は違うんだよねこれが……」
　そう言って、歩くんは指の１本１本を私の指に絡めていく。
　その繋がった手を、私は直視できない。
「……"恋人つなぎ"って、知ってる？」
「恋人つなぎ？？」
「恋人同士が手を繋ぐ方法を、こう言うの。これがそう」
　そう言って、歩くんは繋がれているふたりの手を見つめる。
　ひゃあああああ!!
「あ、ああ、歩くん、さすがにこれは、恥ずかしいよ……っ」
「確かに。ゆき、顔真っ赤だもんな」

「か、顔見ないでよ！　それに、言わないで!!」
　必死にそう言うも、歩くんには逆効果なのか可笑しそうに笑い声を発している。
「ゆき、本当に顔真っ赤」
「だからー……っ」
「あーでも、可愛い……」
「……へ？」
　歩くんに囁かれて、ピクッと肩が震えた。
　今、可愛いって……言った？
「可愛くなんてないよ！　可愛い人なら、他にいっぱい……」
「へぇ、自覚なし……か」
「え？　自覚？　なんの？？」
　私がそうハテナマークをいっぱい浮かべるも、歩くんはニコニコと笑顔のままで……。
「ゆきは可愛いって、自分で自覚してないだろ？」
　……私は決して、こんな爆弾発言をしてほしかったんじゃない。
「かかかかか……っ」
　「可愛くなんてない！」ともう一度言おうとするも、恥ずかしすぎて"か"しか声にならなくて……。
　うわあああ、頭の中が大パニック状態だよぉ!!
「あう、いや……うぅっ」
　前に目をやれば歩くんと繋がれた手が。
　横に目をやれば意地悪く私を見つめている歩くん。
　私は、いったいどこに顔を向ければいいのでしょうか？？

「あの、あゆ……む……くん?」
「なに?」
「そろそろ、さすがに……手とか離してほしいんだけど」
「まあ、そろそろ離さないとね。外も暗くなってきたし……」
　そう言って歩くんは、繋いでいた手をそっと離した。
　そして少しだけ、強張っていた肩から力が抜ける。
　ほへえ。
　ドキドキしたぁ……。
「あ、じゃあ早く、その……膝からどいてもいいですか?」
「……ダーメ」
「へ??」
　歩くんはそう言うと、さっきまで私の手と繋がれていたその手を、そっと私の顎へと持っていき……。
　少し俯いていた私の顔を、クイッと無理やり上げさせた。
　え……?
「な……に??」
「……ゆき」
　「はひ?」と声を出した時にはもう遅く、私の唇に歩くんの指先が乗せられていた。
　そして徐々に、歩くんは私に顔を近付けてくる……。
　え?　もしかして、これって……キス??
　ホッペとかじゃなくて、本当に唇同士の……??
「あ———っ……」

　———ドキンッ!

そんなふうに、今までにないくらいに心臓が大きく跳ねた。
　なんだろこの気持ち？
　なんだか、心がポワポワ〜ンと浮いてるみたいに……。
「あゆ……む……くっ……」
　────ピ────ッ！
「……はぁ」
「え？」
　いきなりグランドからサッカー部のホイッスル音が聞こえてきて、歩くんはため息をつく。
　何？　何が起こったの？？
「えーと……？」
「……チッ」
　歩くんは１回だけそう舌打ちをすると、自分の顔をスッと私から離した。
「……つっ」
　ビックリした……。
　本当に、本当に本当にビックリした。
　だって、だってだよ？
　今、歩くん……。
「あ、歩くん、今の……は……」
「……邪魔が入った。雰囲気ぶち壊し」
　そう言って歩くんは、私の肩に顔を乗せた。
　わっ、もの凄く近くに歩くんの顔が……。
「歩くん、そろそろ体を離してくれても……」
「……ほーんと」

"サッカー部って、とことん邪魔してくるよな"
「……え?」
「いや、なんでもない」
　「今のは忘れて」と言って、歩くんは私をやっと膝の上から降ろしてくれた。
　ううっ……足がプルプルしてる。
「……あのっ」
　私はプルプルな足をさすりながら、目の前にいる歩くんをチラリと見てみた。
　その瞬間に、歩くんはガタッと立ち上がる。
「……じゃあ、行くか」
「え?」
　そう言うと、歩くんは私の手を取ってそのままグイッと引っ張った。
　わわ……っ!?
「あ、歩く———!?」
「ゆき、今から実践ね」
「実践?　……なんの??」
　私がそう聞くと、歩くんはニコリと笑って……。
「恋人つなぎの実践」
　そう言って楽しそうに笑う歩くんの顔を、私は一生忘れないだろう……。

実践練習

　……なんでこんなことになってしまったのか、時間をさかのぼっても全くわからない。
　だって、だってだよ？
　なんで私……。
「……あー、もう真っ暗だねぇ」
「そうだな」
「……」
「……」
　なんで私、歩くんと手を繋いで下校しているのでしょうか？？
「あ、星があるよ、歩くん」
「……あのさ、ゆき」
「わあ、綺麗だねー、あははー」
「……その完璧に棒読みの喋り方、やめない？」
　歩くんにそう言われ、やっと自分の言葉が棒読みだったことに気付く。
　だって、だってだよ？
　そりゃ、この状況なら棒読みになっても当たり前じゃないですか？？
「だだだ、だって、歩くんと手繋いでて……その……」
「恥ずかしい？」
「……はい」

私は真っ赤になった顔を俯かせながら、か細い声でそう言った。
　ううっ……声が出なくなってる。
　そんな自分に「はぁ」とため息をついて、真横に並んで歩いている歩くんの顔を少しだけ見てみた。
　あ……普通の顔。
「……ドキドキしてるのは、私だけなんだ」
「？　なんか言った？？」
「え？　いや、なんにも!!」
　ひとり言を聞かれた！と思い、とっさに胸の前で手を振った。
　だって、「歩くんはドキドキしてないの？」なんて質問、できるわけない。
　だって、なんかそれって……。
　歩くんに、ドキドキしてほしいみたいじゃない―――……？
「いや、違う！　それは絶対にない!!　だって、私は……」
「さっきから、なにブツブツ言ってんの？」
「ふぇ？？」
　急にすぐ近くで歩くんの声が聞こえたので、1回だけ大きくまばたきをしてみる。
　するとなぜか目の前に、超ドアップの歩くんの顔が……。
「え―――……」
　―――ドックン。
　……息が、止まりそうになった。

そしてドキドキと、小刻みに心臓が動き出す。
「……歩……くん？」
「何？　どうかした？？」
　不思議そうに、私の顔を覗き込む歩くん。
　ダメだ。
　もう、これ以上は———……。
「———でさー、駅前にできたクレープ屋、行こうよ！ね？？」
「もう、仕方ないなー」
　いきなり道の前方から、そんな女の子たちの声が聞こえてきた。
　ビクッと、私と歩くんの体が揺れる。
「あ、あの制服は……」
　そして気付く。
　あの女の子たちの制服、私と同じだ……。
　これは、いろいろとマズいんじゃないだろうか？？
「あ、ああ、歩くん！　手、さすがに離さないと‼」
　一緒の学校の人に歩くんと手を繋いでるとこ見られたら、絶対に誤解されちゃうよぉ‼
「———こっち」
「え……？」
　さすがに歩くんも、手を離してくれると思った。
　だけど、そんな私の考えとは逆に、歩くんは繋いでいる手をグイッと引っ張って……。
「きゃ……っ」

「……黙って」
「だ、だま……？？」
　気付いた時には、歩くんから壁に押さえつけられていた。
　……なんで？？
「……少しだけ、じっとしてて。せめて、あの子たちがどこか行くまでは」
「え？　な、なんで手離さないの？？　離したら、まだ……」
「だから言っただろ？　これは実践練習だって」
　クスリと王子様スマイルを見せたと思ったら、そのまま私の両手を壁に押さえつけて……。
　ふぅっと、私の前髪に息を吹きかけた。
「……きっ」
　きゃあああああああっ!?
「待って、歩く……んっ」
「だから静かに」
　私とは打って変わって、とても冷静な声で歩くんはそう言った。
　そしてスッと、私の唇に人差し指をつける。
「……静かにしないと、本当にこの口塞ぐよ？」
　……この歩くんの言葉の意味はよくわからなかったが、ひとまず私は……。
「〜〜〜っ!!」
　思い切り顔を左右に振った。
　コツコツと、あの女の子たちの靴音が近付いてくるのがわかる。

あ、歩くん……いったいどうするつもりなんだろ？？
「……我慢してろよ」
「え？」
　いきなり歩くんはそう言ったと思ったら、グッと顔を近付けてきて、私を覆うようにギュッと抱きしめた。
　そして私の制服のボタンを、"プチン"とひとつ外した。
「……」
　もう一度、今度は声に出して叫んでもいいですか？？
「わ！　ちょ……カップルいるよ！　早く行こ!!」
「え？　てか、あれうちと同じ制服じゃ……」
「そんなのどうでもいいでしょ！　だから早く!!」
　……とまあ、こんな感じの会話が女の子たちの間で繰り広げられ、女の子たちはパタパタと去っていった。
「……ゆき」
「……っはい」
「目、開ければ？」
　歩くんがそう言って、押しつけていた私の手を離すと、そっとその手で私の頬を覆った。
　またギュッと、つぶったまぶたに力が入る。
　だって、目なんて開けられない。
　恥ずかしすぎて、歩くんの顔見たらきっと……。
「……大丈夫だから」
　フワリと、耳元で歩くんの声がした……。
　すると魔法がかかったみたいに、さっきまで固く閉じてびくともしなかったまぶたが開いて……。

「もう女の子たちは行ったし、何もしないから」
　そう言って歩くんは、さっき外した制服のボタンを閉めてくれた。
「〜〜〜っ、私をあの女の子たちから隠すために、あんな体勢にしたんだよね？」
「うん、まあ……」
「じゃあ、ボタンまで外す必要ないと思うんだけど……」
　私がそう言うと、なぜか歩くんは眉間(みけん)にグッとシワを寄せて……。
　顔を赤くした。
「……」
　なんで？？
「……それ、は」
「それは？」
「……いや、だから……雰囲気？」
　歩くんはそんな曖昧(あいまい)な答えを出すと、私からそそくさと離れていった。
「？？」
　そんな歩くんの行動が、何を意味しているのかがわからなくて……。
「ゆき、早く来いよ」
「わ……っ!?」
　歩くんはまた私の手を取って、"恋人つなぎ"で歩き出した。
　わからない。

歩くんがなんで顔を赤くしたのかも、なんであんなに曖昧な答えを出したのかも……。
　歩くんの気持ちがわからない。
「……」
　ついでに言えば、自分の気持ちもわからない……。
「……ゆきって、家どこ？」
「え？　あ、この先を真っ直ぐ行って、右に曲がって、また真っ直ぐ行って……」
「意外に遠いな」
「うん。でも、慣れるとどうってことないよ！」
　そう言ってニッコリ笑うと、歩くんは「ふ〜ん」と言って……。
「じゃあ、家まで送ってく」
「え？？」
　いや、今 "遠い" って言ったばかりじゃ……。
「あの、歩くんの家は……？」
「駅前」
「ま、全く逆方向っ!?」
　じゃあ、送ってもらった後、歩くんは……。
「だだだ、ダメだよ！　歩くん、帰り凄く遅くなっちゃ……」
「別に、ゆきが気にすることじゃないよ」
「でも……っ」
「あーもうっ！」
　歩くんは少し大声を出すと、私をグイッと引き寄せて首に腕を回した。

ぎゃ！　締められる!?
「……こんな夜道を、女の子ひとりで歩かせられるわけねえだろ」
　———ドキンッ。
「あ———……」
「だから、ほら」
　そう言って、焦る姿はいつもの王子様な姿なんかじゃなくて……。
　ぶっきらぼうに手を引いて歩いていく。
「……歩くん、ありがとっ」
「———っ、別に」
　少し冷たくなった姿にも、なんだかドキドキして……。
　キュウウンッて、なぜか胸が苦しくなった。
「……———じゃあな」
　私の家の前に着くと、歩くんはそう言って片手を上げた。
　あ……っ。
「あ、歩くん！」
「……何？」
　私が歩くんを呼び止めると、歩くんは足を止めて振り返った。
「あの、本当にありがと！　今度、何かこのお礼を……」
「……お礼？」
　ピクッと、歩くんの眉が動いた。
　え……？？
「ふ〜ん、お礼ねぇ？」

ニヤ〜ッとした笑顔を見せて、歩くんは私にグッと顔を近付けてきた。
　はぅあああっ!?
「あ、歩くん？」
「お礼か……そっか。じゃあ、今週の土曜とか空いてる？？」
「土曜？　ああ、はい……まぁ」
　私がそう頷くと、歩くんは「じゃあ10時に駅で」とだけ言った。
　10時に駅で？？
「……それって」
「まあ、課外授業ってやつ？」
「え？　でも授業なら、お礼にならないんじゃ……」
「ああ、そうだな。でもお礼なら、その時たっぷりしてもらうから」
　そう言って歩くんは私の手を取って、まるでお姫様にするみたいに手の甲に唇を擦り付けた。
「───っ!?」
「……顔真っ赤」
　そう呟くと、再び手の甲にキスをした。
「あ、歩……く……っ!!」
「じゃあ土曜日、楽しみにしてるから」
　そう言ってクスリと笑うと、歩くんは私の手を離して背を向けた。
　……息が、荒い。
　キスされた手の甲が、熱い。

「……歩くん」
　きっと気のせい。
　熱い手も、ドキドキする気持ちも、きっと……。
　だって私は……。

「長瀬くんが、好きなんだもん」

　そう自分に言い聞かせるように呟いて、私は家の扉を開けた……。

イライラとめまい【side歩】

　その日、ゆきは科学室には来なかった。
　ゆきは、恋愛授業をサボった。

　放課後の科学室。
　いくら待っても、ゆきは科学室に来ることはなかった。
　今まで一度も休んだことないのに……。
　そんなことを思っていると、藍沢が科学室にやってきた。
　そしてひと言。
「山崎さん、今日は部活休むんだって」
　藍沢から伝えられた事実に、俺はなぜか心の奥で"イラッ"とした。
　なんでいきなり休むんだよ？
　昨日はそんなこと、ひと言も言ってなかったじゃん。
　もしかして、ゆき……サボった？
　というかさ……、なんでそのことを藍沢に言うわけ？
「……休むなら休むで、俺に言えよ」
　ゆきに恋愛のことを教えてるのは俺だ。
　そして、その授業をするのは放課後の科学室ということになっている。
　だから、【部活を休む＝恋愛授業を休む】ということになるわけだから、休むなら休むで俺に言うべきだろ、普通……。

「……もしかして、ゆき、俺に会いたくない、とか？」
　そんな考えが頭をよぎった瞬間、昨日の恋愛授業が俺の脳裏に浮かび上がった。

　昨日の恋愛授業。
　ゆきは俺のことを、「歩くん」と呼ぶようになった。
　これは、"これから恋愛のことについて教えるんだし、『時東くん』なんて呼び方、他人行儀で嫌だ"という俺の考えにより強制したものだ。
　最初はゆきも恥ずかしがって嫌がっていたけど、「授業だから」と言うと、ゆきは大人しく俺の言うことを聞いた。
　そして俺は、そんなゆきの指を……舐めた。
　なんでゆきの指を舐めることになったのか。
　それは、ゆきがガラスで指を切ったからだ。
　一応、恋愛授業という名目で「ここで問題。彼女が怪我をしたとき、彼氏はどうすべき？」などと言いながら、俺は消毒のつもりでゆきの指を舐めた。
　本当に、俺は消毒のつもりで舐めた。
　だけどよく考えてみたら、俺に指を舐められたなんて……ゆきにとっては凄く恥ずかしいことなんじゃないだろうか？
　そうじゃなくても恥ずかしがり屋のゆきだ。
　もしかしたら、『恥ずかしすぎて、もう歩くんに会えない！』なんてことを思っても、おかしくないんじゃないだろうか？

……───そしてそんな俺の考えは、見事に的中することになる。

　昼休み。
　ジュースを買いに行こうと、売店へと向かっている途中。
　長瀬からパンをもらうゆきを見かけた。
　なんだよ、それ。
　俺がいなくても、長瀬と上手くいってるってわけ？
　……なぜかはわからないけど、凄くイライラする。
　そんな面持ちで、俺はゆきに話しかけた。
　そして強制連行。
　人気のないところに連れて行き、俺はゆきになんで昨日は部活を休んだのかを聞いた。
　するとゆきは、
「や、休んだことはごめんなさい。歩くんと、顔を合わせられないって思っちゃって」
　……やっぱり、か。
　たぶん原因は、昨日、俺が指を舐めたことだろう。
　そんなゆきに俺は意地悪で、「それって、俺とは会いたくなかったってこと？」と聞く。
　慌ててそれを否定しようとするゆき。
　俺は、「今日は絶対に科学室に来ること」と言って、その場を立ち去った。
　……イライラ、する。
　なんでなのかわからないけれど、この頃ずっとイライラしてる、俺。

「……なんでこんなに、イライラすんだよ」
　ポツリと、誰にも聞こえないように、俺はそう呟いた。
　そして放課後、俺のイライラは爆発した。

　……は？

　藍沢が、ゆきの頭を優しく撫でていた。
「邪魔」
　本当に自分のものかと思うほど低い声で、俺は藍沢とゆきに向かって言う。
　イライラする。
　腹が立つ。
　何に腹が立つ？
　……わから、ない。
　なんで自分はイライラしているのか、腹が立っているのかがわからない。
　そしてそれは、部活が終わっても変わらないままだった。
　ゆきと藍沢は先に帰り、俺はひとりで科学室に残った。
　まあ、今日実験で使った器具とかをちゃんと片付けたかったし……。
　だが、そう思うものの、藍沢がゆきの頭を撫でている光景が頭に浮かぶたび、器具を片付ける手がピタリと止まる。
「……今日は、もう帰ろう」
　こんなんじゃ、全ての片付けが終わるのは何時間後かわからない。

また明日やればいい。
　そう思い、さあ帰ろうかといった時……ゆきが、いきなり科学室にやってきた。
　ビックリした。
　なんで、ゆきが？
　もう帰ったんじゃなかったのか？
　そんな自分の動揺を隠すために、俺は「戻ってくるなら、もっと早く戻ってこいよ。それが正解」と言って、余裕のありそうな素振りを見せる。
　すると、ゆきは、
「ごめんなさいっ!!」
　突然、俺に謝ってきた。
　そのまま大パニックを起こすゆき。
　そんなゆきをなんとかなだめてから、"昨日しなかった分"ということで、恋愛授業を始めた。
　最初は授業を拒んでいたが、これが長瀬と付き合うために必要な授業なんだとわかると、必死に頑張るゆき。
「……ははっ、生徒の鑑だな」
　ゆきの耳元で、クスクスと笑いながら言うと、
「なら、歩くんは先生の鑑だよ」
　先生の鑑？
　俺が？？
「ふ〜ん。どのへんが？」
　何気なくそう聞くと、ゆきはニコリと可愛らしい笑みを見せ……。

「私のためにいろいろとしてくれて……私のためにいろいろと教えてくれて……先生の鑑だよ」
　そう言って、ゆきは俺の服の袖をキュッと握った。
「———っっ……」
　キュッと掴まれた袖。
　それを見て、なぜか胸が苦しくなる。
　こんなこと、ゆきから言われるとは思ってなかった。
　だって、"私のためにいろいろと教えてくれて"って……。
　違うよ、ゆき。
　俺はゆきが長瀬に告白できるように、ゆきに恋愛授業をしているんじゃない。
　ただ、ゆきに近付きたいって思った。
　実際に、恋愛授業を通して、ゆきのことをたくさん知った。
　だけど、今は、———もっと、ゆきを知りたい。
　そう思っている自分がいて……。
「……ああでも、ある意味では先生失格かも」
　"恋愛授業なんてどうでもいい"なんて、思っちゃったりもして。
　だから俺は、先生失格だ。
　だけど俺は、恋愛授業を続けるよ。
　そうじゃないと、今の俺はゆきに近付けないから。
「……ゆき」
「はひ？」
　ゆきを自分の膝に乗せ、俺はそっとゆきの唇を撫でる。

うわ、凄く柔らかい……。
ゆきの唇を撫でた瞬間、少しだけクラリとめまいがした。
なんだろ、この気持ち……？
いつの間にかイライラした気持ちはなくなっていて、かわりにクラクラとした感覚に襲われ、どこか酔ったようにポーッとしている。
「あゆ……む……くっ……」
ゆきのそんな声さえ、俺の頭には届かない。
そして俺は、ゆきの唇に、自分の唇を近付けた。

　　──ピ────ッ！

ハッと、我に返った。
「えーと……？」
ゆきはキョトンとした顔で、俺を見つめていた。
今のは、サッカーのホイッスル音か。
サッカー部……ねぇ。
「……チッ」
盛大な舌打ちが、俺の口から漏れる。
いい雰囲気だったのに、どうしてくれんだよサッカー部。
「……ほーんとサッカー部って、とことん邪魔してくるよな」
思えば、サッカー部の長瀬がいなかったら、ゆきは俺のことを好きになったかも……。
って、あれ？
ゆきは俺のことを好きになったかもって……。

なんだよ、それ。
　俺は、ゆきに好きになってほしかったのか？
　そんな、そんなのまるで、まるで俺が、ゆきのことを、好き、みたいじゃないか……。
「……え？」
　さっきの俺の言葉に疑問を持ったのか、ゆきは不思議そうな顔で俺を見てくる。
「いや、なんでもない。今のは忘れて」
　そう言って、ゆきを自分の膝の上から降ろす。
　俺がゆきを好き？
　あり得ない。
　あり得ない。
　そう心の中で呟いて、俺はガタリと椅子から立ち上がる。
　そこでふと、俺は窓の外に視線を向けた。
　あ……外、真っ暗だ。
　ゆきをひとりで帰らせるのは、危ないよな……。
「……じゃあ、行くか」
「あ、歩くん──!?」
　いきなりグイッと手を引かれたゆきは、ビックリして目を丸くする。
　ああ、そうか。
　ゆきは、俺が「家まで送っていく」って言ったところで……。
　うん。絶対に俺、断られるよな。
　たぶん「いいです、大丈夫です。と言うか、歩くんと一

緒に歩いて帰るのなんて無理です！」とか言って、絶対に拒むはずだ。
　じゃあ……、
「恋人つなぎの実践」
　さっきゆきに教えた恋人つなぎの実践ということで、俺はゆきと一緒に帰ることになった。
「あ、星があるよ、歩くん」
「……あのさ、ゆき」
「わあ、綺麗だねー、あははー」
「……その完璧に棒読みの喋り方、やめない？」
　俺がそう言うと、ゆきは真っ赤な顔で俯いた。
　恋人つなぎの実践という名目なので、恋人つなぎをしながらゆきと一緒に帰り道を歩く。
　だけどゆきは、やっぱりというように体をカチコチに固まらせている。
　まあ、恥ずかしがり屋のゆきのことだから、こうなるのは目に見えていたはずなんだけど……。
　そんな調子でゆきと並んで歩いていると、突然、こんな声が耳に飛び込んできた。
「———でさー、駅前にできたクレープ屋、行こうよ！ね？？」
「もう、仕方ないなー」
　ビクッと、俺とゆきの肩が揺れた。
　前方を見ると、同じ学校の制服を着た女の子たちが歩いているのが見えた。

俺とゆきがいる方に、どんどん近付いてくる。
　そんな女の子たちを見て、ゆきは「あ、ああ、歩くん！ 手、さすがに離さないと!!」と言う。
　確かに、恋人つなぎをしながら一緒に帰ってる姿を見られれば、俺とゆきは間違いなくいろいろと誤解を受けるだろう。
　でも……。
　ゆきの手、離したくない。
「え……？」
　気付いたら、俺はゆきを壁に押さえ付けていた。
　ゆきの手を離したくない。
　そんな俺の気持ちが、なぜかゆきを壁に押さえ付けさせた。
　事実、これでゆきの手を離さなくて済む。
　だけど、ゆきは……。
「待って、歩くん……」
　なんとか俺の手から逃れようと、ゆきはその身を必死によじる。
「……静かにしないと、本当にこの口塞ぐよ？」
　あまりにもゆきが暴れるものだから、そんなゆきを大人しくさせるために俺はゆきの唇にチョンッと指をつけた。
　その瞬間……。
　───クラリ。
　あ、また、このめまい……。
　思えば、科学室でゆきの唇を触った時も、同じめまいがした。

なんだよ、これ。
　科学室の時より、激しい……。
「……我慢してろよ」
「え？」
　突然囁かれた言葉に、ゆきは疑問の声を漏らす。
　そんなゆきを、俺はギュッと抱きしめた。
　そしてゆきの制服のボタンを"プチン"と、ひとつ外した。
　……何、やってんだよ、俺。
　そう思うけど、なぜかゆきの制服のボタンを外す手は止められない。
　口が、手が、瞳が、言うことをきかない。
　でも……。
　───……あ。
　ゆきがギュッと目をつぶっているのを見て、俺の頭がスッと冷えた。
　だから、何……してんだよ、俺。
「……大丈夫だから」
　ずっと体を固まらせているゆきの耳元でそう囁くと、俺はそっとゆきから体を離した。
　そして、さっきの女の子たちが周りにいないことを確認し、
「もう女の子たちは行ったし、何もしないから」
　そう言って俺は、自分が外したゆきの制服のボタンを閉めた。
　そんな俺にゆきは、
「私をあの女の子たちから隠すために、あんな体勢にした

んだよね？　じゃあ、ボタンまで外す必要はないと思うんだけど……」
　————カアァッ！
　図星をつかれ、自分の顔が真っ赤になるのがわかる。
　そんな俺を、ゆきは不思議そうな顔で見つめる。
　どうしよう、どうしよう。
　な、なんとかごまかさないと……！
「いや、だから……雰囲気？」
　俺はポツリとそう言うと、ゆきからそそくさと離れた。
　なんでゆきの制服のボタンを外したか？
　理由なんて俺が知りたいよ!!
　いきなりクラクラして、ふわふわして、気付いたらゆきを抱きしめてて……。
　あー、もう!!
「ゆき、早く来いよ」
　ぶっきらぼうに、なかなか動かないゆきの手を引く。
　聞けば、ゆきの家は結構遠い所にあるらしい。
　俺は真っ赤な顔をなんとか冷まし、「家まで送ってく」と言った。
　するとゆきは、
「だだだダメだよ！歩くん、帰りが凄く遅くなっちゃ……」
「別に、ゆきが気にすることじゃないよ」
「でも……っ」
　いくら言っても、俺の申し出を拒むゆき。
　そんなゆきの首に腕を回し、自分の方に引き寄せ……。

「……こんな夜道を、女の子ひとりで歩かせられるわけねえだろ」

やっと冷えたと思った顔に、また熱が集まる。

そんな俺を見て、ゆきはひと言。

「……歩くん、ありがとっ」

「───っ、別に」

苦しい。

胸が、苦しい。

息が、苦しい。

キュウウンッて、何かに締め付けられたような感覚になる。

そんな感覚のまま、俺はゆきを家まで送った。

そこでゆきは、「あの、本当にありがと！　今度、何かこのお礼を……」と言って俺を呼び止めた。

………お礼、か。

そう言ったゆきに、俺が放った言葉は、

「今週の土曜とか空いてる？？」

そしてこの時の俺の提案により、俺はゆきに『デート』という課外授業をすることになった。

「───俺、この頃おかしい」

ゆきと別れ、ひとりで帰っている途中、ポツリと俺は呟いた。

この頃おかしい。

ゆきが藍沢に頭を撫でられていただけでイライラしたり、

ゆきにキスしそうになったり、終いにはゆきの制服のボ

タンまで外して……。
　……いや、気のせいだ。
「気のせいに決まってる」
　自分に言い聞かすように、自分にしか聞こえないように言う。
　きっと、気のせい。
　ゆきにヤキモチ焼いたり、ゆきを目の前にしたらドキドキしたりすることも……。
　だってゆきは……、
「長瀬が、好きなんだ」
　だから気のせいだ。
　気のせいじゃないと、ダメなんだ。
　そう自分に言い聞かせ、俺は星が瞬く夜の道を歩いた。

　恋愛授業は、まだまだ続く。

三時間目

科学室パニック！

「……課外授業……か」

 日にちが経つのは早いもので、もう課外授業は明日に迫っていた。

 そして私は、窓の外の空を眺めながら、思わずそう呟いていた。

 だって、気付いてしまったから。

 気付いてしまったからというより、この目の前にいる紗希ちゃんが……。

「男と一緒に遊びに行くなんて、デートでしょ」

 なんて言ったから……。

「……で、なんでいきなりゆきは"友達が、ある男の子と遊びに行くんだけどー"なんて質問してきたのよ？」

「え……っ」

 いきなりの紗希ちゃんの質問に、帰り支度をしていた手がピタリと止まる。

 いや、でも、さすがに歩くんのことを話すわけには……。

「ん、ん〜と……なんとなく？」

「……ふ〜ん」

 ジトーッとした目で、紗希ちゃんは私の顔を疑わしそうに下から覗いてくる。

 うぅっ！　やっぱり、紗希ちゃんにはバレちゃったのかな……。

「……あのっ」
「まあ、別にいいけど。私には関係ないしー」
　そう言って紗希ちゃんは、鞄を持ってガタリと椅子から立ち上がった。
「じゃあ、私は今から生徒会があるから。またね、ゆき」
「う、うん！　またね紗希ちゃん」
　うっひゃあ～！　紗希ちゃんにバレちゃうかと思ったぁ……。
　そう安堵して「はぁ」とため息をついた瞬間、紗希ちゃんは教室の扉の所でピタッと足を止めて……。
「じゃあ、ゆき、今度のデート頑張ってきなさいよ」
「……へ？」
「って、その友達に伝えといて」
　そうニッコリと言って、教室を出ていった。
　……紗希ちゃんには、私は一生かなわないと思う。うん。
　そんな紗希ちゃんの後に続くように、私も鞄を持って立ち上がった。
「藍沢くんの姿が見当たらないなぁ。もう、科学室に行ったのかな？」
　そんなことを呟いて教室を出ると、そこには……。
「ん？　よぉ山崎！　お前、今から科学室に行くのか？？」
「あ、山崎さん！」
「えっ、佐野先生に……長瀬くん!?」
　意外な組み合わせに出会ったので、口があんぐりと開いてしまう。

な、なんで先生と長瀬くんが一緒にいるの？？
「ちょうどよかった、山崎。時東や藍沢に伝えてほしいことがあるんだ」
「は、はい？？」
　もう何がなんだかわからずに、間抜けな声しか出てこない。
「実は長瀬、科学のテストの点が悪くてな……でもサッカーの大事な試合があって補講に来れないんだ」
「……で？」
「で、だ。今日からしばらくの間、放課後の科学室で長瀬の補講をやることになったから。科学部と一緒になると思うが、よろしくやってくれ」
「ということなんだ。山崎さん、ごめんね。なんかいろいろと……」
「え？　え？？」
　ちょっ……ちょっと待って。
　それって、まさか長瀬くんがこれからしばらくの間、放課後に科学室に……来る？？
「……っ」
　えええええええっ!?
「じゃ、俺は今日は観たいテレビがあるから帰る」
「はぃ!?　ちょ、佐野先生！」
　必死で佐野先生にカムバック！を求めるも、そんなものは当然無視で……。
　私と長瀬くん、ふたりきりの空間ができてしまった。
「あ、えーと……」

「なんだか、科学部とは凄く縁があるよね、俺って」
「そそ、そ、そだねー」
　……棒読みすぎだよ、自分。
「行こっか、科学室」
「あ、はい！」
　その長瀬くんのひと言で、私たちは科学室に向けて歩き出した。
　うわああぁ！　長瀬くんとふたりだけで歩くなんて、緊張が……。
「……そういえば科学部って、部活する時いつも白衣きてるよね？」
「あ、うん！　あれが科学部のユニフォームみたいなものだから」
「そうなんだ。俺、一度でいいから白衣って着てみたいんだよなー……」
　そう言って、「いいな〜」と呟く長瀬くん。
　……長瀬くんの、白衣姿。
「───っっ!?」
　だだだ、ダメだよ、ダメ！
　想像するだけで、格好よすぎて鼻血が出そう！
「……うううっ、私ってこんなに変態だったっけ？」
「ん？　何か言った山崎さん？？」
「え!?　いや何も!!」
「そう？　あ、科学室だ」
　そんな長瀬くんの声とともに、ピタッと足を止める。

科学室は、目の前だ。
「よし。みんなに長瀬くんのこと、ちゃんと説明しないとね」
「……でも、やっぱりなんか悪いかな？　部活の邪魔なんじゃ」
「そんなことないよ！　みんな、歓迎(かんげい)してくれるって‼」
　心配そうな顔つきの長瀬くんを励(はげ)ますために、大げさに両手を振る。
　大丈夫。きっと、歩くんも藍沢くんも、長瀬くんのこと迷惑(めいわく)だなんて……。

「……歓迎、ねぇ？　しないって言ったら、どうすんのゆき？？」

　───ドックン。
　そんな感じで心臓が跳ねて、カッチコチに体が固まってしまった。
　だって、この声は……。
「……歩、くん？」
「ねぇ、歓迎しないって言ったら……どうすんの？」
　後ろを振り返ると、白衣を着た歩くんが腕を組んで私と長瀬くんを見つめていた。
　あれ？　なんか歩くん……不機嫌？？
「や、時東。やっぱり時東は白衣が似合うね。さすが王子様」
「……お褒(ほ)めのお言葉、ありがとう。で、なんで長瀬がゆきと一緒にここにいるわけ？？」

不機嫌オーラ全開で、歩くんは長瀬くんを睨みつけた。
「？？」
　なんか歩くん、長瀬くんのことが嫌いみたいな態度……。
　そんな雰囲気の中、いきなり科学室の扉がガララッと開いて……。
「今日から補講なんだろ？　さっき佐野先生から聞いた」
「え？　あ……藍沢くん!!」
　鞄を持った藍沢くんがそう言って、私の横を通って下駄箱の方へ歩いて行く。
「あれ？　藍沢くん、部活……」
「用事があるから。明日はちゃんとやるから、またね山崎さん。あと時東も」
　それだけ言うと、藍沢くんは行ってしまった。
　何？　なんなの？？
　この空気は……。
「……藍沢の奴、俺がいるから帰ったのかな？」
「え!?　そ、そんなこと……」
「そうかもな」
「歩くんっ!?」
　長瀬くんを責める歩くんの言葉に、思わず大声を出してしまう。
「と、とにかく長瀬くん！　科学室に入って？　ね？？」
「……ああ、じゃあ」
　そう言って長瀬くんを科学室に入らせ、私は歩くんの方を向いた。

「歩くん！　なんであんなこと言ったの？　あれじゃあ……」
「何？　長瀬がかわいそう？？」
「そういうワケじゃ……っ」
「……ま、ゆきは長瀬が好きなんだから、長瀬の肩を持つのも当たり前か」
「え……？」
　歩くんはそう言い残すと、科学室の中に入っていった。
　長瀬くんの肩を持つって、そんな言い方……。
「……歩くんっ」
　キリキリと心臓が痛いが、そんなのは気のせいということにして、私も科学室の中に入った。
「じゃあ……俺はただの補講なんで、気にせず部活やってくださいね」
「そんなのわかってる」
「あ、歩くん！」
　や、やっぱり歩くんおかしい。
　なんだか、かなり長瀬くんに対しての態度が……。
「……うん、なんかごめんね」
「ううん！　長瀬くんは、気にしないで」
　私がそう言うものの、科学室の中のドンヨリした空気は変わらなくて……。
　私と歩くんと長瀬くんは、それぞれ別々の所で別々の作業をしていた。
　なんか、悲しいな……。
「……あの、山崎さん」

「へ？？」
　いきなり名前を呼ばれて、つい変な声を出してしまう。
　え？　今、私の名前呼んだのって……。
「ななな、長瀬くんっ!?」
「あ、邪魔……だった？」
「そそそんなことないよ！　あの、で、何か私に用事でも……？」
　私がそう聞くと、長瀬くんは科学のテスト問題を見せてきて、
　「ここ、教えてほしいんだけど？」と小声で言った。
「長瀬くん？　なんで、小声……」
「いや、時東、なんか怒ってるみたいだから……大きい声出しちゃ悪いなって」
　そう言って、力なく長瀬くんは笑った。
　やっぱり、長瀬くんも歩くんのこと気付いてたんだ……。
「……で、ここ教えてもらってもいいかな？」
　そう言ってグッと、私に体を寄せてきた長瀬くん。
　───ドッキーン！
　そんなふうに私の心臓と体は飛び跳ねて、思わず……。
「あ───っ!?」
　手に持っていた試験管を、落としてしまった……。
　それにビックリした長瀬くんと時東くんが、いっせいに私の手元に視線を向ける。
　わわっ！　試験管、割っちゃったよ～!!
「ご、ごめんなさい！　今、片付けまっ……」

「……片付けなくていいから」
　そんな静かな声がどこからか聞こえてきて、床に手を伸ばした私の手をパシッと掴んだ。
　「え？」と声を漏らして顔を上げると、そこには……。
「ゆき、前にガラスで指切っただろ。こういうのは俺がやるから、ゆきは何か紙を持ってきて」
「歩くん……」
　仕方ないというふうにガラス片を拾っていく歩くんだけど、それも歩くんの優しさで……。
「あの、紙…なんでもいい？」
「なるべく大きいの。それにガラス包んで捨てるから」
「わかった！」
　私はそう言って、手頃な紙を隣の科学準備室から取ってきた。
　そしてその紙を歩くんに渡す時、そんな光景をみていた長瀬くんがふと……。
「山崎さんと時束って、付き合ってるの？」
　と言った。
「……はひ？？」
　あ、どうしよう。今の私、もの凄く間抜けな顔してる。
　でも、だって……。
「いや、ふたり仲がいいな～って思って……あ、違うならゴメンね」
「え？　あ、私と歩くん!?　そんな、付き合ってるだなんて……」

「もし俺とゆきが付き合ってたとしたら、長瀬はどう思う？」
　この場を楽しむようにそう言って、歩くんは私の肩を抱いた。
「……えっ」
　えええええええっ!?
「な、ななな……っ」
「ねぇ、もし俺たちが付き合ってたとしたら、長瀬になんか関係あるの？」
　ニヤリと笑って、パニックになっている私の顔にスーッと指先を滑（すべ）らせる。
　にょわあああああ!?
「歩くん……ち、違うよ長瀬くん！　私と歩くんは……」
「でもさ、今度の土曜日……まあ、明日だけど。デートするもんね俺ら」
「はっ!?」
　まるで自分のオモチャを自慢（じまん）するような歩くんの言い方に、ダラリと額から嫌な汗が流れ落ちる。
　で、でもでもでも……やっぱり土曜日のあれはデートなの!?
「……そうなの？　山崎さん」
「え……っ」
　疑いのない長瀬くんの眼差（まなざ）しに、頭がまた混乱してくる。
　なんで歩くんが、こんなことを言うのかはわからない。
　でも、もし歩くんと私が恋人同士だって誤解されちゃったら……。

私の恋はどうなるのっ!?
「───違うよっ!!」
　　私の大きな声が、科学室内に響いていく。
「わ、私と歩くんは恋人同士ではないし！　だ、だから、デートなんてしないからっ!!」
　　ほぼ勢いで、私は拳を目一杯ギュッと握りしめてそう言った。
「……ふ～ん。全部否定しちゃうんだ」
「え？　歩くん……」
　　ふと歩くんの声が聞こえてきた方を見る。
「歩……くん？」
　　すると、もの凄く不機嫌な顔が、そこにはあった。
「ごめんごめん。今の冗談だから、長瀬も気にしないで」
「あ、冗談なの？？」
　　長瀬くんはキョトンとして、私から離れていく歩くんを見つめている。
　　冗談……？
「歩くん、今のは……」
「……明日」

"課外授業、来なくてもいいよ"

　　冷たく囁かれた歩くんの声が、ヒッソリと私の脳内に響き渡る。
　　来なくてもいいよって……中止ってこと？？

「あ、歩くん？」
「……ゆきは、そっちの方がいいんでしょ？」
　ニッコリと満面の笑みで言った後に、歩くんは身にまとった白衣の裾をなびかせて私に背を向けた。
　"ふ〜ん、全部否定しちゃうんだ"という歩くんの言葉が、頭の中でグルグル回って……。
　そうだよ。
　恋人っていうのは否定しても、明日のことは……。
「……私、デートなんてしないからっ!!なんて言って……"課外授業は受けません"って言ったようなもんだよ」
　デートじゃなくてただの買い物です。って言えばよかったのに、私のバカ。
「あの、俺……今日は帰るよ。なんか雰囲気悪くなっちゃったから」
「長瀬くん。……うん」
　長瀬くんはこの場の気まずい雰囲気を察知したのか、そう言って鞄を持つとガタリと立ち上がった。
　歩くんは私たちに背を向けたままで、ひとりで何か作業を続けている様子……。
「〜〜〜っ、私も帰るよ」
「あ、じゃあ下駄箱まで一緒に行こっか山崎さん」
「……うん」
　私はふたつ返事でそう答えると、鞄を持って長瀬くんの後をついていく。
　そして後ろを振り返ってみても、歩くんは私たちに背を

向けたままで……。
　課外授業は……やっぱり中止なんだ。
「……ねぇ、山崎さん。本当に山崎さんと時東は恋人同士なんかじゃないの？」
「へ!?　う、うん！　もちろん!!」
　これが当然(とうぜん)の返事だと思う。
　だって私は長瀬くんが好きで、だから長瀬くんに告白するために、歩くんに恋愛のことを教えてもらってて……。
「……？」
　きっと気のせい。
　心の中にモヤモヤやわだかまりがあるのは、きっと……。
「じゃあね山崎さん。また今度…月曜日か」
「うん。また……」

　──課外授業は、明日。

課外授業は中止?

「……はぁ」
　ため息をついても、何も変わらないことはわかってる。
　でも……。
「今日が土曜日なんだけど……やっぱり課外授業は、中止だよね」
　ゴロゴロとベッドで寝転がりながら、「う～ん」と考える。
　私が昨日、「デートなんてしないからっ!!」って言っちゃったから……。
「……でも、歩くんだって長瀬くんの前であんなこと言わなくったって……ねぇ?」
　……でも、私だってあんなに強く否定することなかったじゃん。
　あんなふうにしたら、まるで私が歩くんのこと嫌いみたいな……。
「……あれ?　でも……好きではないよね」
　いや、嫌いではないんだから好き?　いやいや、でも……。
「あー!　もう、わかんないよ……」
　頭の中がグチャグチャして、思わず目頭が熱くなる。
　歩くんが不機嫌だった理由もわかんないし、もう……。
「———よし!　こうなれば、気分転換にケーキ屋さん巡りだ!!」

ガバッとベッドから起き上がって、私は天井に向けて拳を上げた。

「……って、気合いを入れたのはいいんだけど」
　手頃なショートパンツとセーターを着て、私はポツンと傘をさして街中に突っ立っていた。
　雨……どしゃ降りなんですけど？
「……こんなんじゃ、昨日のことがなくても、どっちにしろ課外授業は中止になったよね」
　雨が降っているからか、今日はいつもより肌寒い。
　でも、家でじっとしてたら、沈んだ気持ちのままジメジメジメジメと……。
「……10時に、駅で」
　今、時刻は9時。
「ああもう……いるわけないって」
　そうぶっきらぼうに呟いて、私は街中を歩き出した……。
「……あ」
「あ……紗希ちゃん!?」
　とあるケーキ屋さんに入ったら、そこでは紗希ちゃんが席に座ってケーキを食べていた。
「なんで、紗希ちゃん……」
「……あー、うーんと……悪い？　ひとり寂しくケーキ食べてちゃ」
　紗希ちゃんは少し顔を赤くして、ケーキをモグッと口の中に放り込んだ。

「悪くない！　悪くない！　仲間ができて嬉しいよぉ」
「仲間って……あんたもまさか、ケーキ屋巡り？」
「もちろん!!」
　私がそう言うと、紗希ちゃんは「はぁ」とため息をついて、
「まったく。女子高生ふたりが揃いも揃ってひとりでケーキ屋巡りって……普通なら彼氏とデートでもしてる年頃だっつーの」
「え……っ」
　思わず"デート"という言葉に反応してしまう。
　そんな私を見て紗希ちゃんは「ん？　どうかした？」と不思議そうな眼差しを向けてくる。
「な、なな、なんでもない、なんでもない！」
「そう？　ならいいけど……」
「ほんとほんと！　じゃ、私もケーキ食べるー」
　そう無理やり笑顔を作って、私は紗希ちゃんと同じテーブルに腰を下ろした。
「何を食べようかなー、モンブラン……いや、ショートケーキでもいいなぁ……」
　そう言いながら、チラリと壁際に掛かっている時計を見る。
　9時20分。
　――ドク、ドク。
　そんな感じで、時計の秒針が進んでいくより速く、脈もどんどん加速していく。
　歩くんは、きっと来ていない。
　だって雨どしゃ降りだし、私には来なくていいって……。

「……っ」
　気になって、また私は時計を見てみる。
　9時30分。
「……ねぇゆき、さっきから時計ばっかり気にして……どうかしたの？　なんか用事？？」
「え？　う、ううん！　違う違う！　全く用事なんてないから!!」
　あははーと笑いながら、私は胸の前で両手を振る。
「えー？　でもあんた、ちょっと様子が……」
「すいません、お待たせしました。こちら苺(いちご)のタルトですぅ」
「わあ、紗希ちゃん！　苺のタルトだよ、苺のタルト!!」
「あ、あー、うん……」
　無理やり紗希ちゃんの言葉を遮って、私は苺タルトに手を伸(の)ばした。
　ダメダメ。
　課外授業のことは忘れる！　今はケーキに集中、集中!!
「……むぐっ」
　今は……9時40分。
「あと20分……か」
「何よ。やっぱり今日、何かあるんでしょ、あんた？？」
「ふぇ？　ぎゃっ!?」
　紗希ちゃんの不機嫌な声に驚いて、私はパッと紗希ちゃんの方を向く。
　すると、私の目の前にはフォークがあって……。
「それ、大事な用事なの？」

「え……っ」
「体が固まっているってことは、大事な用事なのね。じゃあ、ケーキなんて食べてないで、さっさと行く!!」
「……でもっ」
「でもじゃない!!」

　紗希ちゃんの大きな声が店内に響いた途端、一瞬だけ店内がシーンと静まる。

　さ、紗希ちゃん？？
「でもじゃないでしょ！　あとから後悔しても、私、知らないからね？？」
「うぅ……っ」
「それがあんたの悪いクセ！　ウジウジ考え込んで、今しかできないことを後回しにして結局、後悔」
「はぅ……っ」

　ごもっとも……。
「……9時45分」
「へ？」

　いきなり紗希ちゃんがそう呟いたので、俯いていた顔をパッと上げる。
「今の時間は9時45分。もし待ち合わせがあるなら……」
　「10分前に行くのが礼儀でしょ」と言って、苺タルトにフォークを突き刺した。

　そして……。
「今しかできないことなら、今やりなさい。ゆきしかできないことならなおさら。じゃないと……後悔は嫌でしょ？」

そう言って、紗希ちゃんはニコリと笑った。
　　───ドキン。
　紗希ちゃんのその大人っぽい雰囲気にも、その笑顔にも……そして言葉にも……何もかもに、心臓がドキンと高鳴った。
「───私っ」
　歩くんは、きっと来ていない。
　でも、なんだか行かなきゃいけない気がして……。
「紗希ちゃん！　また一緒にケーキ食べようね！　じゃあ……ありがとう!!」
　そう言うと、私は紗希ちゃんに背を向けた……。
　……雨はやっぱりまだどしゃ降りで、傘をさしても意味がないくらい。
「9時50分……」
　私はそう呟いて、どしゃ降りの雨の中を走り出した。
　濡れるのなんて気にしない。濡れるのなんて気にならない。
　だから……。
「───っっ……」

　3、2、1───……。

　ゴーン……と、駅にある時計から10時を知らせるチャイムが鳴り響いた。
「───遅いんだよ、ゆき」
　どしゃ降りの雨の音にかき消されながらも、そんな聞き

覚えのある声が私の耳に届いた。
「なん……で？」
「なあゆき、俺昨日……"ゆきは来なくていい"って言ったんだけど？？」
　そんな言葉で、やっと気付く。
　ああ、そっか。
　私に来るなって言っただけで、歩くん自身が来ないとは……言ってないや。
「歩くんっ……ごめんなさい」
「……ゆき」
　そう呟くとすぐさま、「いったん、どこかの建物に入ろっか？」と言って、歩くんは私の手をキュッと握ってきた。
　あう……っ！
「あの……っ」
「雨ひどいな。とりあえず、ここで雨宿りしよ」
「う、うん」
　そう言って、駅の隅の屋根がある場所に身を寄せた。
「もっとこっち寄れって」
「わわっ!?」
　いきなり体を抱き寄せられて、ビクッと肩が揺れる。
　うわわわわ！　歩くんとの距離が、凄く近い……!?
「……歩くんっ」
「……でもさ、ゆき……ちゃんと来たんだ」
「!?　そ、そうだよ歩くん！　私には来るなって言っといて、自分は来るなんて……」

「だから言ったじゃん。ゆきには来るなって言ったけど、俺は来ないとは言ってない」
「そんな、ナゾナゾみたいな……」
　私がギャーギャーと非難(ひなん)の声を上げていると、歩くんはスッと私の唇に自分の指先を滑らせた。
　はうぅ……っ!?
「あ、ああ、歩くん!?」
「……俺の話聞いて。聞かないと、無理やりその口塞ぐよ?」
　ニッコリと笑ったその顔は……ああ、歩くん本気だ。
「話……聞く?」
「───っ!!」
　私はコクンコクンと、顔を大きく上下に振った。
「……ねぇ、ゆき」
「は、はい?」
「最初に言っとくけど、昨日の俺は……全部演技(えんぎ)だから」
「………」
　はい??
　演技?　全部??
「放課後の科学室は、俺とゆきの恋愛授業の場所。忘れた?」
「あ、じゃあ、あれも……もしかして恋愛授業??」
「そうそう。あんなふうに俺が言ったら、ゆきはどうするかな〜って」
「あんなふうって……もしかして、長瀬くんに言ったあれ?」
「そ。あれ」
　ニッコニコの歩くん。

脱力の私。
　だ、だだ、だって、全部演技って……全部？？
「全部ってことは、私が"デートなんかしないからっ!!"って言ったあとに不機嫌になったのも……」
「演技だけど？　あと、今日ゆきが来るかどうかのテストも兼ねて」
「テストぉ!?」
　頭の中がパニックになって、もう何がなんだか……。
「あ、わわわ、私、あれで歩くんのこと傷付けたって……せっかく課外授業してくれるのに、拒んじゃったって思って……」
「ああ、まあ……ゆきならそう言うだろうなーって思ってたし」
「でもでもでも、私、せめて長瀬くんに"デートじゃなくてお買い物です"って言った方がよかったかなって」
「男の子とお買い物することを、デートって言うんじゃない？？」
「……確かに」
　「うう……っ」と唸りながら、私は体から一気に力が抜けていくのを感じていた。
　そんな……じゃあ、昨日から悩んでた私って……。
「……でも、あんなに冷たい声で"来なくてもいいよ"って言わなくてもっ」
「ああ……まぁ、不機嫌だったのは確かだったし」
「え？？」

「ゆきに"恋人じゃないしデートもしない"ってハッキリ強く言われて、意外と少し傷付いたから、俺」
　そう言って、手を目頭にあてて泣くふりをする。
　え!?　ええ!?
「あ、あの、いや……それは、私も悪かったと……っ」
　私はなんとか歩くんの機嫌を元に戻そうと、ジタバタして手を大きく振る。
　そして私が歩くんの顔を下から覗いた瞬間……。
「……ゆきってさ、他人の演技を信じやすすぎ。そんなんじゃ、俺から遊ばれるだけだよ？」
「え———？」
　そう言って歩くんは、私の腰にスッと手を回すと、そのまま自分の方に引き寄せた。
　そして気が付くと、もう今にもキスしちゃいそうな距離に顔があって……。
「———っっ……」
「うーそ。俺、あんなんで不機嫌になるほど小さな心持ってないから」
　ニッコリと歩くんは笑顔を見せて、そのままチュッと私の頬に唇を落とした。
「〜〜〜っ!?」
　カアアアアッと、自分の顔が熱くなっていくのがわかる。
　雨で肌が冷たくなった分、歩くんの唇の温かさが直接伝わってくる。
「歩く……ん……いやっ」

「ま、今日はテスト合格(ごうかく)ってことで……ご褒美(ほうび)」
　そう言って、今度はオデコにキスをする。
　　きゃあああああっ!!
「あ、あの……くすぐったいよ。やめてよぉっ！」
「無理って言ったら？」
「うぅ〜っ!!」
　無理やり歩くんから離れようとするも、ガッチリと腰に腕が回っていて……。
「歩……くんっ」
「……ゆき、冷たい」
　そう言って、私の肌にスリスリと手を擦り付ける。
　……温かい。
「歩くんも、私が早く来なかったから……だいぶ、待ったよね？」
「まあ……普通に」
「こんなどしゃ降りの中、ごめんなさい。私……」
「別に謝んなくてもいいよ。寒いぐらい、どうってこと……」
「だ、だめだよ！　風邪(かぜ)引いちゃったらどうするの!?」
「……う〜ん、じゃあその時は」
　"ゆきに看病(かんびょう)してもらおっかな"と、歩くんは私の耳元で囁いた。
　歩くんの看病……？
「……うん、わかった」
「は？」

「私、その時はちゃんと看病するから！　言ってね!!」

　私がそう言ってニコッと笑うと、歩くんは少しだけ顔を赤くして……プイッと、私から顔を逸らした。

「？？」

「あーもう、とにかく！　こんぐらいで風邪なんて引かないから」

　そう言って歩くんは、パッと私に背を向けた。

　そして「……あ」と、声を漏らす。

「どうかしたの歩くん？？」

「……晴れたな」

　そんな歩くんの声が聞こえた後に、パッと私は顔を空に向ける。

　すると頭の上には、青い青い空が広がっていて……。

「じゃあ、行く？　課外授業」

「え……？」

「何？　行きたくないの？？」

　答えを急かすような物言いに、私は「い、行きます！」と大声で言ってしまった。

「ふ～ん、じゃあ行こうか、デートに」

「でっ!?　デートなんかじゃないよ！　課外授業だよ、授業!!」

「男女が一緒に街中を歩き回るのなんて、もう誰が見たってデートみたいなもんでしょ。ま、この場合は模擬デート？」

「模擬？？」

「じゃあ行くか」

　そう言って歩くんは私の手を掴んで、そのままグイッと

引っ張った。

　——こうして、私と歩くんの"模擬デート"という課外授業が始まった。

課外授業⇒模擬デート

「あ、あああの、歩くん！」
「何？」
「……手、繋いでないとダメ……なの？」
「当たり前」
　ハッキリキッパリとそう言われ、返す言葉がなくなってしまう。
　でも、こんなデパートの中で手を繋ぐのって……恥ずかしいよぉ。
「……ゆき」
「はひっ？」
　いきなり名前を呼ばれてビックリして、思わず間抜けな声が出てしまう。
　でも、それよりも……。
　なんで歩くんの顔、そんなに間近にあるんですか？？
「～～～っ!?」
「ゆき、顔赤いけど……体調悪い？　どっかで休む？？」
「え!?　顔が赤いのは、その……」
「……ああ、手繋いでるのが恥ずかしい？」
　歩くんにそうハッキリと言われ、赤くなった顔がさらに赤みを増していく。
　……歩くん、私が恥ずかしさで赤面(せきめん)するって知ってるくせに、わざと手を繋いだままにしている……確信犯(かくしんはん)だ。

「そういうのじゃないけど、でも……っ」
「でも……何？　言葉で伝えてくれなきゃ俺、わかんないんだけど？」
　ニヤリとした笑顔で聞いてくる歩くん。
　た、確かに。
　言葉で伝えなきゃわかんないけど……。
「……あ、歩くんの言ったとおり……手、繋いでるのが恥ずかしい……です」
「ふ〜ん」
「だから、手……離してくれないでしょうか？」
「却下」
「ええっ!?」
　すぐに"却下"と言われ、思わず大声を出してしまう。
　だって、だってだって、頑張ってちゃんと「恥ずかしいです」って言ったのに……。
「……歩くんのバカ」
「なんか言った？」
「いえ！　何も言ってません!!」
「そう？　じゃあ行こっか」
　そんな感じで私は歩くんに丸め込まれ、結局は手を繋いだままデパートの中をを歩き回ることになった。
「……それにしても、今日のデパート、人が多いね」
「まあ、休日だからこのぐらいが普通だろ」
「そっか。私、あんまり休日は外に出ないもんな……この頃は寒いし……」

そんなことをひとりでブツブツ言っていると、前から着た男の人にぶつかりそうになってしまう。
　わわ……っ！
「ゆき、もうちょっとこっち寄っとけ」
「きゃっ！」
　いきなり肩に歩くんの手が置かれ、人とぶつかりそうになること以上にビックリしてしまう。
　だ、だだ、だって！
　手を繋いだまま歩くんの方に引き寄せられて、ふたりの体が密着してるんだもんっ!!
「あああああ、歩くん!?」
「すぐ近くであんまりデカい声出さないでくれる？　耳、痛いから」
「じ、じゃあ離れよう！　そうしよう、歩くん!!」
「……へぇ、ゆきは俺と近付きなくないんだ。それほど俺のことが嫌いなんだ」
「ち、ちが……っ、そういうことを言ってるんじゃ」
　少し怒ったような歩くんの詰め寄り方にビクビクしながらも、なんとか自分の気持ちを言葉に出そうとするんだけど……。
　わああああ！
　頭の中が混乱しすぎて、言葉が何も出てこないよ……。
「歩くん、私……っ」
「……ま、ゆきは長瀬が好きなんだから、当然のことか」
「……え？」

ドクンッと、妙な鼓動が１回だけ心臓に轟いた。
「歩……くん？」
「……やっぱり、なんでもない」
　そんな煮えきらない言葉を残して、歩くんは私の手を引くと無表情で歩みを進めていく。
　でも歩くん、なんでいきなり長瀬くんのことを……？
「ねぇ、歩くん……」
　私はもう一度ちゃんと、今の言葉の意味を聞こうと口を開いた。
　だけどその瞬間に……。
「……あれ？　ねぇ、あの人……時東歩くんに似てない？？」
「えー、王子様がこんなデパートにいるぅ？？」
「っ!?」
　そんな会話が後ろから聞こえてきて、ビクッと肩が跳ねる。
　ど、どどど、どうしよう!?
　私と歩くんが手を繋いでるとこ見られたら、いろいろとマズいんじゃあ……。
「あ、歩……くっ」
「何？　人が多くなってきたから、早く行こ」
　そう言って、握る手にギュッと力を入れる歩くん。
　きっと、歩くんは後ろの女の子たちに気付いてないんだ……。
「……ねぇ、あの隣にいる人って彼女かな？」
「てか、手、繋いでない!?」
　キャアキャアと、その女の子たちの騒ぎ声が耳に入って

くる。
　えぇ!?　嘘、さすがにヤバい状況なんじゃ……。
「───っっ……」
「……ゆき？」
　私の様子がおかしくなったことに気が付いたのか、歩くんは私の顔をそっと覗く。
　早く……。
　女の子たちに私の顔を見られる前に……。
　この手を離さないと───!!
「───ごめんなさいっ！」
　私はそう言って歩くんの手をバッと振り払い、そのままの勢いで駆け出した。
　とにかくあの女の子たちから遠ざかろうと、右に曲がったり左に曲がったりと、いろいろな通路をやみくもに走り回った。
　そして私は、ある階段にたどり着いたとこで力尽きた。
「はっ、はっ……」
「───ゆきっ!!」
　階段に座ってへばっていると、そう大声を上げて歩くんが駆け寄ってきた。
　その後ろに、さっきの女の子たちの姿はない……。
「歩くんっ、ごめんなさい！」
　何が理由にせよ、いきなり走り出したのだから、歩くんだって驚いたはず……。
「あの時ね、後ろに……」

「……そんなに、俺と手繋ぎたくなかったんだ？」
「え……？」
　いきなり低い声が聞こえてきて、パッと歩くんの顔を見る。
　そしたら……。
「歩……くん？」
「……」
　歩くんは凄く不機嫌そうな顔で、じっと私を見つめていた。
「あ、あの……？」
「そっか。俺と手繋ぐの恥ずかしかったんじゃなくて、本当は嫌だったんだ？」
「!?　違うよ！　嫌だったんじゃなくて……」
「……今からは、離れて歩こ」
「歩くんっ!!」
　誤解してる。
　私は歩くんと手を繋ぐのが嫌なんじゃなくて、あの時は……。
「待って、歩くん！　あの時は……」
「言い訳なんて聞きたくないから」
　そう冷たく言い放って、歩くんは私の手を振り払う。
　そんな……。
「……あ」
　そこでふと、昨日の光景が頭に浮かんだ。
　昨日も歩くん不機嫌だったけど、あれ結局は演技だったわけだし……。
「あ、そっか！　歩くん、これも演技？？　何か、恋愛の

テクニックを試(ため)すテストだったり……」
「……これが演技に見える？」
「う……っ」
　歩くんに冷たく睨まれて、ビクッと肩に力が入る。
　演技じゃない。
　じゃあ……。
「先に行くから。後からちゃんとついて来いよ」
「歩くんっ!?」
　私をおいて、サッサと歩いていく歩くん。
「待ってよ、歩くん！　こんな人ごみじゃ……はぐれちゃ……」
　そう言って歩くんに手を伸ばすも、手も服も掴めなくて……。
　歩くんはその人ごみの中に、どんどん姿を消していく。
「……待って」
　本当のこと言わなきゃ。
　歩くんと手を繋ぐことは嫌だったんじゃなくて、本当に恥ずかしくて……。
「───きゃっ!?」
　いきなり足がもつれて、その場に派手(はで)にコケてしまう。
　い、痛い……。
「あ、歩くんは……」
　ハッと気付いて、その場に立ち上がり、辺りを見回す。
　でも、どこにも歩くんの姿はなくて……。
「……はぐれ……ちゃった？」

───ドクンッ。
　嫌な脈に、心臓が高鳴った。
　そしてギュウゥッと、胸が締め付けられたように痛くなる。
　歩くんとはぐれた。
　私が手を振り払っちゃったから。
　だから───……。
「……ごめんなさい」
　そう呟いたと同時に、涙がポロポロと溢れ出してきた。
「ごめんなさい……歩くん……でも、でもね、私の話も、聞いてよぉ……」
　か細い声でそう呟いて、私は服の袖で涙を拭った。
　あんまり擦ると目が痛いけど、涙がどんどん出てくるんだから仕方ない。
「うっ……ひぐっ、うぇ……歩くんのバカ」
　そう私が呟いた途端に、誰かが私の肩をグッと掴んだ。
　え───……？
「───確かに、そうだな。俺、ゆきの話聞いてなかった」
　……そんな言葉が聞こえたと思った次の瞬間には、私の体は温かい物に包み込まれた。
「ごめん」
「……あゆ……む、くん？」
　そう名前を呼んだら、ギュウッと私の体を抱きしめる腕に力が入った。
　そのおかげで涙は引いたものの、今度は逆に顔が真っ赤になっていく。

「だ、だって私……歩くんに抱きしめられて……。
「後ろ見たらゆきの姿なかったから、ビックリした……」
「わ、私だって歩くんとはぐれちゃったから……」
「はぐれないように手握ってたのに、結局ははぐれて……バカだよな俺」
「え……？」

　パッと顔を上げると、歩くんは頬を赤くして少しだけ俯いていた。
「もう、離さないから」

　そう言ってキュッと繋いだ手は、凄く温かくて……。
「……あの、歩くん。さっき私が歩くんの手を振り払っちゃったのは、理由が」
「あ、ちょっと待って」
「え？？」
「いや、ここ人が多いし……もっとゆっくり話せる場所に行こ」

　歩くんはそう言って、優しく私の手を引いてくれる。

　そんな歩くんに私は1回だけ頷くと、そのまま歩みを進めた……。

「───わぁ、綺麗な景色だね」

　たどり着いた先は、デパートの屋上にある観覧車の中だった。

　子供用の乗り物だけど、ふたりきりになれる場所といえばここぐらいしかない。

「……で、なんでゆきはあの時、俺の手を振り払ったわけ？」
「あ、そっか。ちゃんと話さないとね」
　歩くんと向かい合うように座り直して、私は口を開いた。
「歩くんは気付いてなかったみたいだけど、後ろに女の子たちがいて……たぶん私たちと同じ学校の」
「え……っ」
「だから、手繋いでるとこ見られたらマズいんじゃないかなーって思って……」
　そこまで言うと、歩くんは「はぁぁ」とため息をついて肩の力を落とした。
「？　歩くん？？」
「なんだよそれ。俺、そんなの知らなくて……うわ、はずっ」
　歩くんはそう呟いて、顔を真っ赤にする。
　わ、歩くん……耳まで赤い。
「あの、だから……私は歩くんと手を繋ぐことは嫌なんかじゃなくて、本当に恥ずかしくて……」
「わかってる。もう、言わなくていいから……」
　そう言って、両手を自分の顔にあてる。
　そして私の顔を見ると、そっと手を伸ばして頬に触れた。
　わわ……っ！
「歩……くん？」
「……まぶた、少し腫れたな。ごめん。俺のせいで」
「歩くんのせいじゃないよ！」
「いや、俺のせいだよ」
　そう言うと、歩くんは立ち上がって私の隣に座った。

ふたりの距離が、グッと近くなる。
「……歩、くんっ」
「本当にごめん。ひとりにさせて……ゆきを泣かせて」
「そんな……っひゃ！」
　いきなり歩くんは"チュッ"と私のまぶたにキスをして、そっと私の背中を手で撫でる。
「あ、歩くん!?」
「女の子の涙は彼氏が舐めるの。覚えといて」
「は、はい。でも、あ……っ」
　観覧車という密室で、こんなふうにして歩くんにキスされるなんて……。
　耐えられないよ。
「歩くん待って！　私、大丈夫だから……キス、しなくても」
「……ごめん、ゆき」
「ふぇ？？」
　チラリと、歩くんの顔を見てみる。
　そしたら歩くんの顔はまだ真っ赤で、どこか様子がおかしくて……。
「……歩くん？」
「ん？　何？？」
「なんか顔……え、ちょ、歩くん熱があるんじゃ……」
「ああ……うん。なんか熱っぽい。風邪引いたかも」
「えええっ!?」
　いきなりのカミングアウトに、恥ずかしさや何もかもが吹っ飛んでしまう。

だ、だだ、だって風邪引いたかもって……。
「は、早く観覧車から降りないと！　いや、でも今一番上で……」
「……ゆき」
「え？　あ───……」
　いきなり名前を呼ばれたと思ったら、歩くんはそのまま私を押し倒してしまった。
　押し倒し……た？
「───っっ!?」
「……ごめん。本当に」
　そう言って歩くんは、どんどん私に顔を近付けてきて……。
　え？　え？？
　いや、ちょ……。
「歩くん、まっ───!!」
　そう言ってグッと歩くんの体が迫ってきたその時、私の呼吸が止まった。
　何が起こったのか、一瞬わからなかった。
　息は止まって、目の前には歩くんの顔があって……。
「……っん」
　自分の声じゃないみたいな声が漏れて、思わずビクッと体が揺れた。
　だって、私……。
「……ゆき」
「歩……くん？」

今、私……。

歩くんとキスした───……？

本当に、ごめん。【side歩】

ごめん、ゆき。
本当にごめん。
俺、やっぱり、先生失格だ。

———ピタリ。
科学室の一歩手前。
俺は、足を止めた。
なんで足を止めたか？
だって、だって……。
なんで科学室の前で、ゆきと長瀬が話してるんだ———……？
そう思って、ゆきと長瀬に話しかける。
すると長瀬は、
「や、時束。やっぱり時束は白衣が似合うね。さすが王子様」
「……お褒めのお言葉、ありがとう。で、なんで長瀬がゆきと一緒にここにいるわけ？」
　ゆきと長瀬が仲良さそうに話していたのを思い出し、自分が不機嫌になっているのがわかる。
　するとその時、突然科学室から藍沢が出てきて、
「今日から補講なんだろ？　さっき佐野先生から聞いた」
　そんな言葉を残し、藍沢は用事があると言って帰って行った。

その光景を見て、長瀬は……、
「藍沢の奴、俺がいるから帰ったのかな？」
　　少し悲しそうな長瀬の声。
　　俺は間髪入れず、「そうかもな」と呟いた。
「歩くんっ!?」
　　長瀬を責め立てる言葉に、慌て始めるゆき。
　　───腹が立つ。
　　ゆきに想われている長瀬も、必死で長瀬を庇うゆきも、本当に腹が立つ。
「と、とにかく長瀬くん！　科学室に入って？　ね？？」
　　そう言って、長瀬を科学室に入れたゆきは、バッと俺の方を向き……、
「歩くん！　なんであんなこと言ったの？　あれじゃあ……」
　　なんで、そんなに長瀬を庇うんだよ。
　　なんで……。
　　って、当たり前か。
　　だってゆきは───……。
「……ま、ゆきは長瀬が好きなんだから、長瀬の肩を持つのも当たり前か」
　　そう呟き、俺は科学室に入る。
　　長瀬に話しかけられても、冷たい態度で軽く睨みつける。
　　長瀬は何も悪いことはしていない。むしろ長瀬はいい奴だ。
　　なのに、なんでこんなに腹が立つんだよ……。
　　そんなことを思いながら、実験をしていると……。
　　───パリーンッ！

突然聞こえたガラスが砕け散る音。
　ふと見ると、ゆきの足元で試験管らしきものが粉々に割れていた。
　焦ったゆきは、それを片付けようと手を伸ばす。
　あ、バカ……！
　前にゆきがガラスで指を切ったことを思い出し、俺は伸ばされたゆきの手をパシッと掴んだ。
「こういうのは俺がやるから、ゆきは何か紙を持ってきて」
　そう言うと、ゆきはガラスを包むのに手頃な紙を大人しく持ってきた。
　そして長瀬がとある爆弾発言をしたのも、この時だった。
「山崎さんと時束って、付き合ってるの？」
　…………は？
　周りの空気が、一瞬止まる。
「いや、ふたり仲がいいな〜って思って……あ、違うならゴメンね」
　そんな長瀬の言葉を聞いて、パニックになるゆき。
　だけどこの時の俺は、なぜか妙に冷静だった。
　俺とゆきが付き合ってるかなんて……そんなこと言うなよ。
　ゆきが好きなのは長瀬、お前なんだぞ？
「ねぇ、もし俺たちが付き合ってたとしたら、長瀬になんか関係あるの？」
　気付けば俺は、そう言いながらゆきの肩を抱き寄せていた。
「歩くん……ち、違うよ長瀬くん！　私と歩くんは……」

断固否定。
　そんな感じで、ゆきは長瀬にキッパリと言う。
　それを見て、俺はズキンッと胸が痛くなる。
「でもさ、今度の土曜日……まあ、明日だけど、デートするもんね、俺ら」
　ダラダラと汗を流すゆきに、俺はそう言う。
「そうなの？　山崎さん」
　特に疑いのない瞳で、ゆきを見つめる長瀬。
　だけど、その瞬間……、
「───違うよっ!!」
　そんな否定の声が、科学室に大きく響き渡った。
「わ、私と歩くんは恋人同士ではないし！　デートなんてしないからっ!!」
　……そこまで、否定しなくてもいいじゃん。
　土曜日、一緒に遊びに行くのは本当だろ？
　ああ、もしかしてゆき、俺と遊びになんて行きたくない？
　そりゃそうか。
　俺と遊びになんて、行きたくないよな。
　一緒に行くなら、長瀬の方がいいだろうし。
　長瀬の方が……。
「ごめんごめん。今の冗談だから、気にしないで」
　優しい笑顔を作る俺。
　そしてそのままの笑顔で、とびっきり優しい声で……、
「明日、課外授業、来なくてもいいよ」

課外授業は中止になった。

「───来なくていい、なんて……なんで言ったんだよ、俺」
　自分の部屋のベッドの上で、俺はポツリと呟いた。
　外では朝からザアザアと、雨の音がうるさい。
「………会いたい、な」
　ゆきに会いたい。
　前みたいにまた、手を繋いでゆきと歩きたい。
「……ゆき、もしかしたら来てるかな」
　ゆきのことだから、"やっぱり課外授業だから来ちゃった！"とか言って来てそうだよな。うん。
　───よしっ。
　いてもたってもいられなくなり、俺は傍にあったパーカーを羽織って外に出る。
　雨は、小降りになっていた。
　だから俺は、この分だと雨はやむだろうと思い、傘を持たずに歩き出した。
　だけど、そんな俺の予想は、簡単に裏切られることになる。
「………最、悪」
　そんな俺の呟きは、ザアザアとうるさい雨によってかき消された。
　やむだろうと思っていた雨。
　だけど、駅に向かっている途中、どしゃ降りになった雨。
　今は少しやんでいるけれど、俺はもうびしょ濡れだ。
「このままじゃ、風邪引くよな……」

そう呟き、駅にある時計塔を見上げる。

時刻は、9時45分。

「……来るわけ、ないよな」

ゆきが来るわけない。

俺が来なくていいって言ったんだから、来るわけない。

でも一方で、もしかしたらって期待する自分がいて……。

「……9時50分」

時計の長針と短針は、待ち合わせ時刻10分前を指していた。

9時52分。

9時55分。

9時57分。

「9時、59分……」

待ち合わせ時刻まで、あと1分……。

「………帰ろう」

ポツンと呟いた声が、雨の中に溶け込んでいく。

そして俺は諦めて帰ってしまおうと、足を一歩踏み出した。

それと同時に、

───ゴーン……。

それは、10時になったことを知らせるチャイムだった。

その瞬間、俺の視界に、ある人物が映り込んだ。

………え。

自分の目を疑った。

だけど、何度見ても、やっぱり俺の目に映るのは……。

「───遅いんだよ、ゆき」
「なん……で？」
　傘をさしてはいるが、髪も服も濡れている様子のゆき。
　遅いんだよ。
　本当に遅いよゆき。
　普通女の子なら、待ち合わせ時刻の30分前には来てないと。
　ああ、でも、ゆきが来てくれて、ムチャクチャ嬉しい。
「いったん、どこかの建物に入ろっか？」
　そう言って俺とゆきは、駅の隅の屋根がある場所に身を寄せた。
「ゆき……ちゃんと来たんだ」
　まだ降り続けている雨を見つめ、ポツリと呟く。
　するとゆきは、
「!?　そ、そうだよ歩くん！　私には来るなって言っといて、自分は来るなんて……」
　ギャーギャーと、非難の声を上げるゆき。
　俺は、
「だから言ったじゃん。ゆきには来るなって言ったけど、俺は来ないとは言ってない」
　"でも、ゆきが来てくれて嬉しい" という言葉は、恥ずかしさで口には出せなかった。
「そんな、ナゾナゾみたいな……」
　ブチブチと、ゆきは文句の言葉を並べる。
　あーもー、なんて説明すりゃいいんだよ。
　ゆきに、『私と歩くんは恋人同士ではないし！　デート

なんてしないからっ!!』ってハッキリ言われてショックだったから、つい勢いで今日は来なくていいって言いました……って、そんな本音を言うのもおかしいだろ。

　ゆきと俺が恋人同士じゃないのは本当だし、現に今日だってデートじゃなくて課外授業だ。

　なのに、なんでショックなんて受けるんだよ、俺。

　思考回路をグルグルと回転させ、ゆきを納得させる言葉を考える。

　そして、考えた結果……、

「全部演技だから」

　全てを、演技ということにした。

　長瀬に冷たい態度をとってしまったことも、なぜか不機嫌になってしまった自分も、全部、全部、演技だったということにした。

　……これで、いいんだ。

　そう自分に言い聞かせ、ツラツラと言葉を並べる。

　するといつの間にか、雨はやんでいた。

「じゃあ、行く？　課外授業」

　俺とゆきの服もだいぶ乾いた所で、俺はそう言ってゆきの手を掴んだ。

　そして、いろいろあったけど始まった課外授業。

　だけど、その授業にはすぐに亀裂が走ることになる。

「───ごめんなさいっ！」

　突然だった。

　突然そう言って、ゆきは繋いでいた俺の手を振り払って

駆け出したんだ。
　え……？
　いきなりのゆきの行動に、胸がキュウッと苦しくなる。
　そんなゆきを、俺は慌てて追いかけた。
　するとゆきは、階段に座ってへたばった様子で……、
「歩くんっ、ごめんなさい！」
　突然、頭を下げてきたゆき。
　俺は、なんでゆきが謝ってくるのかがわからなかった。
　きっと、ゆきは俺と手を繋ぐのが嫌だったんだ。
　だから、俺の手を振り払った。
　当然だ。
　ゆきは長瀬が好きなのであって、俺はただの恋愛授業の先生だ。
　手を振り払われても、別に不思議ではない。
　無理に手を繋いだ俺が悪かったんだ。
　だから、謝るなよ、ゆき。
　だから、頭上げろよ、ゆき。
「……そんなに、俺と手繋ぎたくなかったんだ？」
　ポツリと、口から漏れた言葉。
　こんなことを言いたいわけじゃない。
　こんなこと言ったって、意味なんてない。
　わかってるのに……。
「……今からは、離れて歩こ」
　そう言って、俺はゆきに背を向けて歩き出した。
　後ろから何か言ってくるゆきに冷たく答えて、ただ歩み

を進める。
　聞きたくない。
　俺を突き放す言葉なんて、聞きたくない。
　聞きたくないんだ。
「……？」
　ふと、気付く。
　あれ？
　……ゆき？
　いつの間にか、ゆきはいなくなっていた。
　後ろを見てもどこを見ても、ゆきがいる様子はない。
　……ゆき？
　ザワリと、俺の胸に嫌な予感が走る。
　何、やってんだよ、俺。
　ゆきと離れたくないくせに、自分からゆきを突き放して。
　そして、はぐれて。
　でも、これ以上、ゆきに近付くのが怖いんだ。
　これ以上は、ゆきの恋愛の先生でいられる自信がなくて。
「……こんな時まで、余計なこと考えてんじゃねえよ。俺」
　グッと拳に力を入れる。
　そして俺は、今来た道を戻るように駆け出す。
　すると……、
「……ゆき」
　ゆきは、泣いていた。
　"ごめんなさい"と、呟きながら。
「ごめんなさい……歩くん……でも、でもね、私の話も、

聞いてよぉ……」
 そう言って、ゆきは涙で濡れた目元を擦った。
 そんなゆきを、俺はそっと抱きしめた。
 "もう、離さないから" と言いながら———……。

 ゆきとふたりで話をするために、そのまま観覧車へと向かった。
 そして話を聞くと、俺の手を振り払った理由は、同じ学校の女の子たちがすぐ近くにいたからだということが判明した。
 なんだ。
 俺と手を繋ぐのが、嫌だったからじゃないのか……。
「なんだよそれ。俺、そんなの知らなくて……うわ、はずっ」
 自分の両手を顔に当てる。
 顔が熱いと感じると同時に、俺はゆきを抱きしめた時のことを思い出した。
 "もう、離さないから"
 俺は言った。
 言って……しまった。
 そして、気付いてしまった。
 自分の気持ちに。
 どうして、ゆきが長瀬や藍沢と話してただけで、イライラするのか。
 どうして、長瀬を見てるゆきを見ただけで、不機嫌になってしまうのか。

どうして、手を振り払われただけで、俺はショックを受けたのか。
　この正体不明の感情はなんなのか、今までずっと考えてきた。
　だけど、やっとわかった。
　簡単なことだった。
　簡単すぎて、わからなかったのかもしれない。
「……ゆき」
　頭がクラクラする。
　これ、絶対に風邪引いたな。
　そう思いながら、俺はゆきを押し倒した。
　"ごめん"
　心の中で、ゆきに謝る。
　"俺、やっぱり先生失格だ"
　この気持ちがゆきに伝わらないように、心の中だけで呟く。
「……ごめん。本当に」
　本当に、ごめんね、ゆき。
　そして俺は、ゆきに、キスをしたんだ。

　ごめん、ゆき。
　本当にごめん。

　ゆきを好きになって、ごめん。

四時間目

キスの意味って？

「……ふぁぁ～」
　ただ今、授業中。
　私はずーっと、あくびばかりをしていた。
　だって、昨日は全然眠れなかったから。
「眠れるはずないよ……」
　眠れるはずがない。
　だって一昨日の観覧車での出来事が、忘れられないから。
　歩くんとキスしたことが、忘れられないから……。
　いきなり歩くんが私にキスをして、そのまま時間が止まったみたいに、ちょっとの間ふたりは動かなかった。
　そして観覧車が地上に着いたと同時に立ち上がり、終始無言のまま、私たちはそれぞれ家に帰って行った。
「今日は歩くん、お休みらしいしな……」
　きっと、風邪がヒドくなっちゃったんだよね。
　お見舞いとかに行きたいけど、でも……。
「歩くんの顔、絶対に見られないよぉ」
　ため息混じりにそう呟いて、私は机の上に顔を伏せた。
　私は、いったいどうすればいいんだろ……。
　あと歩くんは、なんでキスなんてしてきたんだろ？
　やっぱりあれも、恋愛の授業？？
「……でもキスなんて、好きな人とかじゃないとできないんじゃないかな？」

そんな疑問が、頭の上にポワンと浮かぶ。
　そして、もうひとつ不思議だったのが……。
「私、歩くんとキスして……嫌じゃなかった」
　なんで？？
　そう思い、首をひねった瞬間、キーンコーンと授業の終わりを知らせるチャイムが学校中に鳴り響いた。
　もう放課後だ。
「ゆーき、今日も部活？」
「あ、うん。まぁ……」
　私のちょっと妙な返事に、紗希ちゃんは「どうかした？」と首を傾げる。
　あー！　もう、歩くんのことはいったん忘れよう!!
　このことについては、本人に直接聞かなきゃわかんないし……。
「いや、でも本人に直接聞くなんて絶対無理なような……」
「ゆき、本当にどうかしたの？　なんか変だよ？？」
「ううん！　本当になんでもないよ。じゃあ私、部活に行ってくる!!」
「え？　あ、うん。行ってらっしゃい」
　少しだけ片手を振る紗希ちゃんに、「行ってきまーす！」と精一杯明るく元気に返事を返して、私は科学室へと向かった。
　ダメだ、しっかりしないと。紗希ちゃんにまで迷惑かけちゃう。
「……はうぅ」

「あれ、山崎さん。ため息なんてついてどうしたの？」
「きゃっ!?」
　いきなり後ろから声をかけられ、思わず大声を出してしまう。
　なななななっ!?
「長瀬くん!?」
「やあ、山崎さん。科学室に行くんでしょ？　一緒に行ってもいいかな？？」
「もも、もちろん！」
　私がそう言うと、長瀬くんは私の横に並んで歩き出す。
　わわわっ、緊張するな……。
「……で、さっきはなんでため息なんてついてたの？」
「え……っ？」
　長瀬くんにそう聞かれ、またパッと歩くんとのキスが頭に浮かんできてしまう。
　カァッと、頬に熱がともる。
「あ、あははー、なんかこの頃寒いなーって思っちゃって……」
「確かに、この頃寒いよねぇ」
「だよねー！」
　よし、なんとかごまかせた。
　そんな会話をふたりでしていると、いつの間にかもう目の前は科学室の扉だった。
　あ、藍沢くんがもう何か作業している。
「こんにちは。藍沢くん、来るの早いね！」

「あー、山崎さん。こんにちは」
「あの、今日もよろしくお願いします!」
「よろしく、長瀬。そんな堅苦しい挨拶なんてしなくていいから」

　そう言って藍沢くんは、ガスバーナーを出して何かの実験を続けている様子……。
「あの、じゃあ早速で悪いんだけど……科学、教えてくれないかな？　山崎さんか藍沢、どっちでもいいんだけど？？」
「あ、じゃあ私教えます！　科学、得意ですから!!」

　そう言って片手をシュバッと上げると、長瀬くんはなぜか可笑しそうな表情をして「じゃあよろしく」と言った。
「えーと、じゃあここ教えてほしいんだけど……」
「あ！　ここはね、元素の周期表っていうのを使って……」
「……」
「……長瀬くん？」

　問題の説明をしていると、途中で長瀬くんがジーッと私を見つめているのがわかった。

　どうしたんだろ？

　何か顔についてるかな？？
「あ、いや、なんか山崎さんと俺、この頃ちゃんと話せるなーと思って……」
「え？？」

　いきなり長瀬くんが放った言葉に、思わず首を傾げる。

　そしたら長瀬くんは、「だってさ」と言って話を続けた。
「前はなんか、噛み合わなかったって言うか……こうやっ

て目を見て話すってことがなかったと思うんだ、俺」
「う……っ」
　ごめんなさい、長瀬くん。
　それは私が、ただ単に緊張しまくって長瀬くんの顔が見れなかっただけです。はい。
「でも、今はちゃんと目を見て話せてるし……なんでだろ？」
「あ……」
　確かに、今は私、ちゃんと……言葉を噛まずに長瀬くんと話せてる。
「確かに、前だったらこんなふうに普通に話せなかったもんね」
　きっとこれは、歩くんの恋愛授業のおかげだ。
　だからこうして、私は長瀬くんと自然に話せてる。
　前だったら凄く緊張して、一緒にいるだけでも心臓バクバクだったのに……。
「……あれ？」
　でも、この頃は……。
　歩くんといると、上手く話せなかったり……？
「？？」
「よう、科学部諸君！　部活やってるかい？？」
　ガララッ！といきなり科学室の扉が開くと、佐野先生が入ってきた。
　そのせいで、さっき何を考えていたのか忘れてしまう。
　あれぇ？？
「お、長瀬！　まだ補講なんてやってんのかぁ？　意味ねぇ

だろ、そんなんしたって」
「まあそうですが、一度やり始めたことは最後までちゃんとしたいんです」
「？　意味ない？？」
　佐野先生が長瀬くんに言った言葉に、少しだけ疑問を抱く。
　だって、意味ないって……？
「ああ、山崎さんにはまだ言ってなかったね。俺、転校するんだ」
「……え」
　えええええええっ!?
「て、転校？？」
「うん。親の転勤でね。一週間後には転校しなきゃなんないんだ」
「嘘……っ」
　じ、じゃあ……長瀬くんを好きでいる私の気持ちはどうなるの!?
「……あ、そうだそうだ。山崎、ちょっと頼みたいことがあるんだがいいか？」
「は、はい？？」
　長瀬くんが転校するということの衝撃が大きすぎて、佐野先生の言葉がなかなか耳に入ってこない。
「実はちょっと時東に届けてもらいたいプリントがあってな。山崎、時東と仲がいいみたいだし……あいつの家までの地図やるから、届けてくれないか？」
「……はい」

私はそう言って、佐野先生が差し出したプリントを手に取ってフラフラと科学室を出た。

「……長瀬くんが、転校」
　街中をトボトボと歩きながら、そんなことを何度も呟く。
　だって。だってだってだって……。
「……告白、するしかないのかな？」
　一週間後、長瀬くんが転校するまでに告白する。
　もう、それしか……。
「……あ、ここだ」
　いろいろと考えながら歩いていたら、すぐに歩くんの家の前に着いた。
　わ、大きな一軒家。
「時東って表札が出てるし、やっぱりここだ」
　そう思い、私は"ピンポーン"と玄関先のチャイムを押した。
　しばらくすると、インターホンから『はい？』という誰かの声が聞こえてきた。
　あ、この声は……。
「ああ、あの、山崎です。歩くんのお見舞いに来ました」
　少し噛みながらもなんとかそう言うと、"ガシャンッ！"という大きな物音が聞こえてきた後に、玄関の扉が勢いよく開いた。
「ゆ……き……っ？」
「歩くん……」

はぁ、はぁっと息を切らしながら、歩くんは私を見つめている。
「あ、歩くん！　ベッドで寝てないとダメだよ!!　早く中に……」
「触るなっ!!」
　いきなり歩くんが大声を出したので、私の体がビクッと揺れた。
　歩くん、怒ってる？
　私、何かしたかな……？？
「わ、私……っ」
「あ、いや、あの……一昨日のことがあるから……さ」
「一昨日……？」
　歩くんがそう言って、やっと一昨日の出来事を思い出す。
　そうだ、一昨日……私、歩くんとキスを……。
「───っっ……」
　カアァッと、自分の顔が赤くなるのがわかる。
　で、でもでも、佐野先生から託されたプリントだってあるし……。
「……家に入ってもいい？　私、歩くんに言わなきゃなんないことあるから」
「え……っ」
　歩くんは一瞬驚いた顔をしたが、渋々といった感じで「入れよ」と私を家の中に入れてくれた。
「じゃあ、話はリビングで……」
　そう言って私の方に振り返った瞬間、歩くんはいきなり

自分の頭を手で押さえてその場にしゃがみ込んだ。
「っ!?　歩くん!!」
「……あ、大丈夫、だから」
「大丈夫じゃないよ！　やっぱりベッドで寝てないとダメだよ！　リビングじゃなくてもいいから……とにかく、歩くんの部屋いこ!!」
「でもっ……」
「いいから。ね？　歩くんの部屋、どこ？？」

　私がそう聞くと、歩くんはか細い声で「二階の一番端」とだけ言った。

　歩くんの体、凄く熱い……。
「歩くん、部屋まで歩ける？」
「……なんとか」

　そう呟く歩くんの腕を支えて、なんとか二階の部屋まで連れて行く。

　そして部屋に入り、歩くんをベッドに寝かせた。
「わぁ、オシャレな部屋」

　モノトーンで、なんとも歩くんらしい部屋だ。
「……あんまり、人の部屋ジロジロ見ないでくれる？」
「あ、ごめんなさいっ」

　私がそう言って歩くんを見ると、熱のせいからか、歩くんは顔を真っ赤にしながら私をジッと見つめていた。

　うわわっ、あんまり見られるとこっちが恥ずかしいんだけど……。
「……あ、歩くん。あのっ」

「で、話って何？」
　ベッドに体を倒したまま、歩くんは私にそう聞いてきた。
　あ、そうだそうだ。
「あのね、これ、歩くんにって佐野先生から渡されたプリント」
「あー、それか。適当にどっか置いててよ」
「う、うん。わかった」
　私は歩くんが言ったとおり、傍にあったテーブルの上にプリントを置くと、また歩くんのベッドの真ん前に"チョコン"と座った。
　そんな私を歩くんは不思議そうに見た後に、「用はそれだけ？」と呟いた。
　早く、歩くんに言わなきゃいけない。
　長瀬くんのことを……。
「……あのっ」
　長瀬くんが転校することを言おうと思い、口を開いた。
　だけどその時パッと浮かんできたことが……。
　"なんで歩くんは私にキスをしたの？"
「……あの、歩くん」
「なんだよ？」
「……一昨日の、ことなんだけど」
　私がその言葉を出した瞬間に、ビクッと歩くんの体が揺れた。
　話しにくいことだけど、このことだけはハッキリさせないといけない気がするから……。

「なんで、あの時キスなんて……」
「───あんまり、覚えてないんだ。あの時のこと」
　……え？？
　歩くんが言った言葉に、頭の上に思い切りハテナマークを浮かべる私。
「？？」
「あ、だから！　熱でほとんど意識(いしき)なくて、ゆきとキスしたってことは覚えてんだけど……さ」
　そう言って、真っ赤な顔を私から逸らす。
　歩くんの顔が赤いのは熱のせい？
　それとも……。
「そ、そっか。覚えてなかったんだ！」
「だから、その、この話は……もう終わりにしよ!!」
「そうだね！　そうしよう!!　あはは、はは……は……」
　……だけど、歩くん、この話を終わらせるのは無理なような気がする。
「……あのさ、ゆき、本当に用事が済んだら帰れよ。風邪うつっても困るし」
「……あ」
　どうしよう。あともうひとつ、肝心(かんじん)なこと言うの忘れてた。
「えーと、ね……」
「？　まだ何かあるのかよ？？」
　歩くんがそう聞いてきたので、私は覚悟を決めて口を開いた。
「……長瀬くんが、転校しちゃうみたいなんだ」

「……は?」
　さすがの歩くんも、かなり驚いた顔をしている。
「一週間後にはもう転校しちゃうんだって。だから……私、長瀬くんに告白しようと思うの」
　と、私は言った。
　そう言ってから少しの間、時間が止まったみたいに沈黙が続いた。
　なぜかふたりとも、動くことすらできない。
「……ゆき」
「この頃ね、歩くんの恋愛授業のおかげで、長瀬くんともちゃんとお話しできるようになったの。だから……」
「用が終わったなら、さっさと帰れよ」
「……え?」
　いきなり聞こえてきた冷たい声に、ビクッと肩が震えた。
　歩……くん??
「それだけの用なら、学校でだってよかっただろ」
「……」
「告白するなら勝手にしろ」
　そう言うと、歩くんはベッドから起き上がった。
　そして部屋の扉を開けて、私に帰れとサインを送る。
「あー、うん。じゃあ私……もう帰るね」
　何も考えられなくなって、私はそう呟いて立ち上がった。
　そして歩くんが言ったとおりに、部屋を出て行く。
「……歩くん」
　いきなり冷たい態度になって、いったいどうしちゃった

んだろ？
　体調が悪かったのかな？？
「うん。そうだよ、きっと歩くん体調が悪かったんだ」
　そう呟きながら、玄関の扉を開けて「お邪魔しました」と家を出る。
「……私」
　あと一週間以内に、長瀬くんに告白しなくちゃいけない。
　だけど、どうしてだろ？
　歩くんのあの態度が気になって、告白どころじゃなくて……。
　私は長瀬くんが好き。
　でも、このモヤモヤはいったいなんなの？？
「……今までは気のせいだって思ってたけど、でも」
　このモヤモヤは気のせいなんかじゃない。
　じゃあ……。
　何———……？

恋愛授業の終わり!?

キーンコーン……。
放課後を告げるチャイムが鳴り響いたけど、私は席から離れずにただボーッと椅子に座っていた。
今日、科学の授業の時に佐野先生に聞いたら、歩くんは学校に来てるって言ってたけど……。
昨日の今日で、ちゃんと話せる自信がない……。
「……はぁ」
「あ、ちょっとゆき!!」
ため息をついたと同時に、紗希ちゃんが慌てた様子で私の机の前に来た。
「?　紗希ちゃんどうかしたの??」
「いや、王子様があんたのこと呼んでるよ!」
「王子……様?」
"王子様"という言葉に、ビクッと肩が揺れる。
王子様といったら、もうひとりしかいないだろう……。
「……あ」
教室の扉の方を見ると、そこには壁に寄りかかりながら私を見つめている歩くんがいた。
そして片手を上げて、"ちょっと来て"と合図(あいず)を送ってくる。
「……歩くん」
私の教室までわざわざ来るなんて、いったいなんだろ?

「あ、じゃあ紗希ちゃん。私行くから、また明日ね」
「えっ、あ、うん。また明日」
　私は早口で紗希ちゃんにそう言うと、小走りで歩くんの方に向かう。
　なんだろ歩くん？
　まさか、昨日の……。
「歩くん、いったい……」
「話すのはいいけど、いったんここから離れよう」
　歩くんはそう言って、周りをキョロキョロと見回した。
　そしてふと気付く。
　あ、周りにいる女の子たちがざわついてる……。
　そっか、歩くんは学校一の王子様なんだもんね……。
「……じゃ、行こ」
「う、うん！」
　少し冷たく言った歩くんの後ろを、なんとか私はついて行く。
　そして人気のない廊下に着いたところで、やっと歩くんは立ち止まった。
「……ゆき」
「は、はい!?」
「ごめん」
「……え？」
　いきなり歩くんはそう言って、私に頭を下げてきた。
　なん……で？
「歩くん!?　なんで、え、そんな頭なんて下げなくても……」

「昨日、本当にごめん。せっかく見舞いにきてくれたのに、あんなふうに追い返して」
「歩くん……」
　気にしてくれてたんだ。
「ううん！　歩くん、熱もあったし……風邪うつしちゃダメだっていう歩くんの優しさだもん」
「ゆき……」
　歩くんは少し驚いたように目を見開くと、その次にはなぜか凄く苦しそうな顔をした。
　え……？
「歩くんどうしたの？　まさか、まだ体調が悪いとか……」
「いや、そういうことじゃないんだ。ただちょっと、長瀬のことが出て来て……」
「長瀬くん？」
　ビクッと、一瞬だけ自分の体が揺れたのがわかった。
　そうだ、長瀬くんに告白するって……私……。
「……もし長瀬に告白をするなら、もう恋愛授業は終わりだ」
　私と歩くん以外誰もいない静かな廊下に、静かに響いた歩くんの声……。
　恋愛授業の……終わり？
「な、なんで……っ」
「だってそうだろ？　この恋愛授業は、ゆきが長瀬と付き合うために始めたものだ。もし告白するなら、もう……」
「……そっか」
　確かに、歩くんの言うとおりだ。

もし私が長瀬くんに告白して、付き合ったにせよ付き合わなかったにせよ……。
　これ以上、恋愛授業をする目的はなくなるんだから。
　――ドクンッ。
　そんなふうに、重苦しい心臓の音が体中に響いた。
　恋愛授業の終わり。
「だよね。うん。今まで……ありがとね、歩くん」
「ああ……、うん」
　私がそう言うと、歩くんは少しだけ曖昧な返事をして……。
　そして私の手を、ギュッと握りしめて自分の方に引き寄せた。
「え――っ!?」
「……じゃあ、ゆき、これが最後の授業だから」
　"最後の授業"という言葉に、ドキンとまた心臓が跳ねる。
「……好きって、言ってみて」
「へ……？？」
　歩くんが言った言葉で、顔が一気に真っ赤になっていくのがわかった。
　だ、だだだ、だって……。
「え？　え？？」
「告白の練習。好きって……言ってみてよ」
　そう言って、歩くんは私の頬を優しく撫でる。
　ゾクゾクッと、何かが私の背筋を走った。
「あ、歩……くん……？」

「……言えって」
　そう言って歩くんは、チュッと私の頬にキスをする。
　ひゃあああああっ!?
「あああああ、歩くん!?」
「……早く言えって」
「え、あ……っ」
「言わないと、止められなくなるから」
「……え？」
　"止められなくなるから"
　その言葉の意味がよくわからなくて、思わず首を傾けてしまう。
「歩くん、今のは……」
「……あっ」
　窓の外を見て、何かに気づいた歩くんがそう声を上げた。
「？　どうしたの？？」
「───っ」
　歩くんはグッと唇を噛むと、そのまま私の腕を思い切り掴んで引っ張った。
　え───……？
「な、何!?　歩くん、いったい……」
「告白するなら、決意(けつい)が固まってる時にするのが一番いい」
「決意って……歩くん、何を言って……」
　歩くんに引っ張られるがままに、廊下をどんどん歩いていく。
　廊下にいた女の子たちが少しざわついているが、そんな

こと、今は気にならない。
　だって……。
「……長瀬!!」
　いつの間にか校門の所まで出ていて、歩くんがいきなりそう叫んだ。
「え？　あ、山崎さんに時東じゃないか。どうかした？？」
「な、長瀬くん？」
「ちょっと、山崎が話があるみたいだから」
「歩くん!?」
　いきなり歩くんが発した言葉に、頭がグルグルと混乱し始める。
　だって、だってこれって……。
「歩……くん？」
「……もう俺がゆきに教えることは、何もないから」
「そんな……っ」
　確かに、このまま私が長瀬くんに告白したら授業は終わりで、歩くんが私に教えることはもうないだろう。
　でも、なんで……。
　なんで、私、"恋愛授業を続けたい"って気持ちがあるんだろ……？
「応援してるから」
　そう私の耳元で呟いて、私の背中をトン……と押した。
　あ……。
「？　なんか俺に用事なの、山崎さん？？」
「え、あ、いや……あ、もう補講は終わったの？？」

「ああ、補講はもう終わったよ。もう俺、疲れちゃったよ〜!」
　そう言って、いつも通りの笑顔で「あははー」と笑う長瀬くん。
　私、今から長瀬くんに告白するんだ。
　でも、なんか変。
　告白する時っていったら、普通はドキドキするのに……。
「あ、歩くんは……」
　パッと後ろを見てみると、さっきまで傍にいたはずなのに歩くんの姿はもうなかった。
　あれ、どっか行っちゃったのかな……?
　——ドクン。
　歩くんがいないとわかった瞬間、心臓が小刻みに揺れ出す。
「……」
「山崎さん?」
　いきなり黙り込んだ私を、不思議そうに長瀬くんは見つめる。
　……ああもう、こんなモヤモヤ気にしない!
　歩くんだって私のこと応援してくれてるんだから、ちゃんと告白しなくちゃ……。
「……あ、あのね長瀬くん」
「ん??」
「わた……し……ね」
　なぜか口が固まってしまって、なかなか言葉が出てこない。
　簡単なこと。
　ただ"好き"って言えば、それだけでいいんだから……。

「私———!!」
「はーるーきー!!」
「わああ!?」
「へ？？」
　"春樹"って、長瀬くんの下の名前……？
「な、ナツキ!?　なんで……」
「いいじゃない別に。もうすぐ転校しちゃうんだし」
「……」
　いったい何が起こったのかがわからなくて、ポカーンとその異様(いよう)な光景を見つめることしかできない。
　だって……。
　長瀬くんに、知らない女の人が抱きついてる……？？
「？？」
「ん？　ねぇ春樹、この子、誰？？」
「ああ、俺が補講の時にお世話になった科学部の女の子」
「ああ！　こゆきちゃん!!」
「いや、山崎ゆきさんだから」
　ナツキさんという人に、長瀬くんはそうツッコミを入れている。
　え？　えぇ？？
「あの、長瀬くん。そちらの美人さんは……？」
「あっらもう！　美人さんだなんて、こゆきちゃんも冗談きついわよー!!」
「だから、ゆきだって……ああもう、ごめんね山崎さん。えーと、こいつは俺の彼女のナツキ」

「どーもー☆」
「……か」
　彼女おぉぉぉぉ!?
　な、長瀬くんって彼女いたの!?
「え、あの、長瀬くん、彼女いないって聞いたことが……」
「ああ、ナツキに迷惑かかるかもしれないから、隠していたんだ、実は」
　そう照れながら言う長瀬くん。
　え、いや……じゃあ、私の恋はいったい……。
「……ああ、で、山崎さんは俺になんか用事だったんでしょ？　何？？」
「えっ!?」
　いや、用事っていうか……。
　今さら、"長瀬くん好きです！"なんて言えないし……。
「……あの……ですね」
　あれ？　でも……。
「長瀬くん」
　私……。
　長瀬くんに彼女がいるってわかって、そんなにショックじゃない———……？
「……あっ」
　どうしようか悩んで顔を伏せたら、ふとギュッと握りしめている自分の手が視界に入った。
　さっき歩くんがこの手を握りしめた温もりが、まだ残ってる……。

そういえば、最初に歩くんと手を繋いだ時、本当に恥ずかしかったな。
　"恋人つなぎ"だったっけ？
　凄くドキドキして、凄くキュウウンッて胸が苦しくなって……。
「……そっか、私」
　私の気持ちの中にはいつの間にか歩くんが溢れてて、私はいつの間にか……。

　歩くんのこと、好きになってたんだ……。

　そう思うと、今まで心の中にあったモヤモヤが全部晴れていくみたいだった。
　恋愛授業の終わりって聞いてモヤモヤっとしたのは、私自身が恋愛授業を止めてほしくなかったからなんだ。
「……山崎さん？」
「長瀬くん。転校しても、友達でいてくれる？」
「え……？」
　長瀬くんは少し驚いた顔をして、数秒の間があった後に「もちろん！」といつもの明るい笑顔でそう言った。
「あ、じゃあナツキもこゆきちゃんの友達になるー!!」
「きゃ!?」
「おいナツキ！　山崎さんに抱きつくなよ!!」
「だ、大丈夫だよ長瀬くん」
　ナツキさんもとってもいい人そうだし、さすが長瀬くん

の彼女さんなだけはあるよ。うん。
「……じゃあ俺、ナツキと帰るから。部活頑張ってね、山崎さん」
「じゃね、こゆきちゃん!」
「はい! よかったらまた会いましょうねナツキさん!!」
「ラジャッ☆」
 ナツキさんはそう敬礼(けいれい)をしてから、長瀬くんと一緒に道の先に姿を消した。
 長瀬くんの言ったとおり、部活も頑張らなきゃいけないけど……。
「───よしっ」
 今からが、本当の……。
 私の告白だ。

告白と不安

　　───ガララッ！
　私は勢いよく科学室の扉を開けた。
　すると、科学室にいたある人と、バッチリ目があった。
「あ……っ」
「……ゆき」
　私を見た瞬間に、なぜか苦い顔をする歩くん。
　え……？
「歩……くん？？」
「……あ、いや、ゆき……どうだった、長瀬は？」
　絶対に私とは視線を合わさずに、歩くんは冷たい声でそう言った。
　あ、そうだ。歩くんにまずはちゃんと長瀬くんとのことを言わないと……。
「えーと、あのね……」
「……その様子だと、うまくいったって感じ？」
　そう言いながら、歩くんは頬杖をついて窓の外を見ている。
　今日は、サッカー部の練習はやってない様子だけど……。
「うまくいった？　……うーん、どうなんだろ？？」
「……は？」
　私のかなり曖昧な答えに、歩くんは思い切り変な声をあげた。
　うまくいったかなんて、まだわからない。

だって私の告白は……。
「でもね歩くん、私……歩くんに大事な話があるんだ」
　これからなんだから。
「……長瀬くん、実は彼女さんがいたんだ。さっき会ったんだけどね」
「……はあぁ!?」
　そう大声をあげて、歩くんはやっと視線を私に向けてくれた。
　まあ、そんなリアクションをしても無理もないよね。
「あいつ、彼女がいたのかよ？　え、じゃあ、ゆきは……」
「告白しなかったよっ」
　そう言って笑うと、歩くんは「そっか……」と呟いてどこかホッとしたような顔をする。
「？　歩くん？？」
「えっ、いや……そっか、長瀬に彼女いたんだな。でも、ゆきはそれでよかったのかよ？」
「え？」
「告白。本当に、しなくていいのか？」
　歩くんはいきなり立ち上がって、私に近付いてきた。
　そして私の頬を優しく手で包み込み、ジッと私を見つめる。
　わわ……っ‼
「あ、歩く……んっ」
「……せっかく俺が後押ししてやったのに、今さら告白しないなんて……ムカつく」
　そう言って、トン……と私の肩に頭を置く。

歩くんの綺麗な髪が私の首元に当たって、少しくすぐったい。
「……あ、あのっ」
　早く言わなきゃ、私の気持ち。
　歩くんが、好きだって……。
「あ、ああ、歩くん！　私……」
　そこで、ふとした疑問が頭をよぎった。
"後押ししてやったのに"
　歩くんは今、確かにそう言った。
　もし、歩くんが私のことを好きなら……後押しなんて、する？
「───あっ」
　ドクンッ、ドクンッと何度も心臓が脈打つ。
　好きな子の恋の後押しなんて、するはずないか。
　もしも私のこの考えがあっているのなら、歩くんは……私のこと好きじゃない？
「……何してるの？」
　いきなり凛とした綺麗な声が聞こえると、歩くんはバッと私の体から離れた。
　でも、私は放心状態で……。
「山崎さん、そいつにはあまり関わらない方がいい。俺からの忠告だよ」
「……藍沢……くん？」
　気がつくと、藍沢くんが真後ろに立って、私の肩に両手を置いていた。

まるで、絶対に歩くんと私を近付けさせないようにしているみたいに……。
「時東も、この頃はやっと落ち着いたと思ってたのにな。また、女の子に手を出すのか？」
「……藍沢、お前っ」
「……"また"？」
　藍沢くんの言っている意味がよくわからなくて、私はそう聞き返した。
　そしたら藍沢くんはフッと笑って、「山崎さん、時東は最低な奴なんだよ」と冷たく言い放った。
「最低って……なんで？」
「俺と時東は中学から一緒で、お互いのことをよく知ってる。それと同時に、俺はこいつのことが大嫌いだ」
　後半の部分を強く言い放つと、藍沢くんは歩くんを睨みつけた。
　大嫌いって、そこまで藍沢くんが強く言う理由があるのかな……？
「……なぁ、時東？」
「藍沢、いったい何を言うつもりな……」
　歩くんはそこまで言うと、なにかハッとしたように目を見開かせた。
「まさか藍沢、お前……っ」
「……山崎さん、実はね時東は」
「やめろ藍沢！　それは、ゆきには関係ないことで……」
　歩くんが藍沢くんの言葉を遮ろうとするものの、その言

葉はしっかりと私の耳に入ってきて……。
「時東は、中学時代、同時に何人もの女の子と付き合ってたんだ。挙げ句の果てに、その女の子たちを自分から捨てた」
「え――――……？」

　頭の中が一瞬真っ白になって、何がなんだか考えられなくなった。

　だって、歩くんが……そんなひどいことを……。
「俺はそんな不誠実な時東が嫌いなんだ。だから山崎さんには、同じ科学部の仲間として忠告をした」

　そう言って藍沢くんは、無表情で歩くんを見つめた。
「……ゆきっ」
「歩くん……今、藍沢くんが言ったこと、本当？」

　私がそう尋ねると、歩くんはギュッと拳を握りしめて……。

　コクリと、頷いた。

　別に私は、歩くんがいくら女の子と付き合っていたとしても、この"好き"っていう気持ちに変わりはない。

　でも、もしそれが本当なら、「私にキスしたのも軽い気持ちで？」とか、「恋愛授業をしてくれたのも、遊びで？」とか思ってしまう。

　そんな自分が、一番……悲しい。
「――――っっ……」
「ゆき……っ!?」
「え、あ、ちがっ……これは」

　必死で涙を拭いながら、この涙の理由を説明しようとする。

私は歩くんを嫌いになったわけじゃない。
　でも、じゃあ逆に歩くんは……私のことが好き？
「……っっ」
　歩くんはグッと唇を噛みしめると、私と藍沢くんの横を通って科学室を出て行った。
　いきなり出て行ったので、言葉をかける余裕すらない。
「あ、歩くん！　待って……」
　そう叫んで私が歩くんを追いかけようとした時、私の体は藍沢くんによって引き止められた。
「は、離して、藍沢くん!!」
「これで分かっただろ山崎さん。あいつは……時東は、最低な奴なんだ」
「そんなことない!!」
「それは、君たちの想像の中だけのものだよ」
「……え？」
　想像の中って……いったい、どういう意味？
「時東は、見てわかるように外見は完璧な奴だ。だからこそ、女の子たちはあいつの外見しか見ないで、勝手に王子様的イメージを抱いてしまう」
「それ……は……」
「山崎さんだって、"まさか時東が"なんてことを思ったんじゃないか？」
　藍沢くんにハッキリとそう言われ、ゴクッと１回だけ息をのむ。
　確かに、そう思わなかったわけじゃないけど……、で

も……。
「外見だけじゃないよ。私は、歩くんは凄く優しい人だって知ってるから……」
「……じゃあ、なんで泣いたの?」
「それは、あ、えーと……」
「山崎さん、もともと時束は好きでもない女の子にも優しくできる、そういう奴なんだ。だから勘違いしない方がいい」
「勘違いなんて、そんなっ」
「時束は山崎さんのことを好きじゃない。今、山崎さんが泣いたことできっと……時束は山崎さんのことを面倒臭い女の子だと思って嫌いになった」
「……」
「だから諦めるんだ、時束は」
　そう言うと、藍沢くんは私の頭の上にポンッと手を置いた。
　藍沢くんの声は、凄く優しい。優しいのに、なんだか……凄くトゲがある。
「……嫌いに……なった?」
「いや、言い方がおかしかったか。……もともと時束は、山崎さんのことを好きじゃないはず。きっと今回だって、ただの遊びだ」
　"ただの遊び"
　そんな言葉が、何回も頭の中をグルグル回っている。
　そして藍沢くんはそれだけを言うと、私の横を通って科学室を出て行ってしまった……。

「……私、は」
　私は歩くんのことが好き。
　でも、もしかしたら歩くんは私のことが嫌いなのかもしれない。
　じゃあ……。
　この気持ちは、どうすればいい？
「……わかんないよ」
　頭の中がグチャグチャになって、涙で前が見えなくて……。
「うぅっ、ひ……っ」
「……なーに、ひとりで泣いてんだよ、お子ちゃまが」
　そんなかったる〜い声が聞こえた瞬間、思わずピクッと私の肩が跳ねた。
　……この声は。
「……佐野先生」
「よお、山崎。なんだ、今日はお前しかいねぇのか？？」
　佐野先生はそう言って、私が泣いていることには触れずに科学室の中にズカズカと入ってくる。
「もぅ、なんなんですか先生。今日は帰らないんですか？」
「ん？　あー、なあ山崎。お前、時東となんかえらい楽しそうな遊びやってたよなぁ。"恋愛授業"だっけ？？」
「えっ!?」
　な、ななな、なんで佐野先生がそれを知ってるのぉ!?
「お前なあ、一応俺は科学部顧問だぞ？　……部員が何してるかぐらい、ちゃーんと把握して頭に入ってんの」

佐野先生はそう言って、指先でコンコンと自分の頭を叩く。
　いつもだらしなく見えるけど、ちゃんとしてるんだな佐野先生って……。
「ま、それに俺、いつも科学準備室で放課後に昼寝してたから、科学室の会話が丸聞こえみたいな？」
「っ!?」
　それ、ただの盗み聞き!!
「……あ、あれ？　じゃあ、今もまさか科学準備室にいたんじゃ」
「ピンポーン。さすが山崎、よくわかりましたー」
　そう言って佐野先生がニヤリと笑った瞬間、ゾクッと背筋に寒気が襲った。
　じ、じゃあじゃあ、まさかさっきの会話も全部……。
「……なぁ山崎、お前は時束のことが好きなんだろ？」
「へっ!?　いや、あ……」
「好きなんだろ？？」
「……はい」
　私が顔を真っ赤にしてそう言うと、佐野先生は優しい笑顔を見せて、私の頭の上に手を置いた。
　その手が妙に温かくて、ホッと安堵感に浸っていると……。
「山崎、油断大敵だぞ？」
「へ？？」
　佐野先生はその言葉とともに、いきなり私の頭をワシャワシャッと撫でた。

「きゃあああぁ!? ちょ、髪がグシャグシャに……」
「いいじゃねぇか別に。後で手で整えとけ」
「いや、でもっ!!」
　そんな私の頭をグシャグシャにする佐野先生の手は、いきなり"ピタッ"と動きを止めた。
「……佐野先生？？」
「山崎、告白すんのに……相手が自分のことをどう思ってるかなんて、一番考えちゃいけないことだ」
「え……っ」
　いきなり話しだした佐野先生に、ドキリッと胸が痛くなる。
　相手が自分のことをどう思ってるのか考えちゃダメって……でも……。
「気持ちを伝えてみなきゃ、相手が自分をどう思っているかなんてわからないだろ？　それに、恋は突然に！ってな。告白されてから気付く気持ちだってある。告白して、もしダメでも、次に進めるだろ」
「……そうかもしれませんけど、私は」
「次に進む自信がないか？」
「……はい」
　私が俯きながらそう言うと、佐野先生はニカッと笑って……。
「それだけ山崎の気持ちが本気だってことだな。じゃあ、その本気の気持ちをこのまま伝えなくていいのか？」
「そ、それは嫌です!!」
　そんな私の大きな声が、私と佐野先生しかいない科学室

に響き渡った。
　あれ？
　さっきまでは、まったく言葉が出なかったのに……。
　今は……。
「なんだ。もうハッキリ、自分の気持ちは決まってんじゃねえか」
　そう言って佐野先生は、自分の着ている白衣の胸ポケットからタバコを取り出した。
「佐野先生、学校内は禁煙ですよ」
「堅いこと言うなよ」
「これはマナーというより規則です！」
　あーもう、せっかく佐野先生のこと少しは見直したのに……。
　……でも、
「先生、ありがとうございます。ハッキリ、自分の気持ちがわかりました」
「……でも、ま、あとひと押しってとこだろ。後は任せたぞ、友達のさーきちゃん‼」
　そう大きな声で言って、佐野先生は科学室の扉の方を向いた。
　え、友達のさきちゃんって……紗希ちゃん？？
「ねぇ、ゆき、久しぶりに一緒に帰らない？？」
「紗希ちゃん！」
　突如、鞄を持って帰る準備万端の紗希ちゃんが登場し、片手を上げながらそう言った。

「え、あ、紗希ちゃん、生徒会は？？」
「もう終わったわよ。さ、早く帰りましょ。佐野先生とバトンタッチだから」
　そう言うと、紗希ちゃんは私の手をギュッと握った。
　そして科学室を出て、どんどん私を引っ張っていく。
　バ、バトンタッチ？？
「……でもビックリした。あの面倒臭がりな佐野先生が生徒会室に来て、"紗希ちゃんいる？　いるなら来てよ"だって」
「さ、佐野先生がそんなことしてくれたの!?」
　それにビックリして後ろを向いても、もう科学室はほとんど見えなくて……。
　明日、またちゃんと言わなきゃ。
　"ありがとうございます"って……。

帰り道と友達と

「……う〜、さむっ」
「そりゃそうだよ。紗希ちゃん、アイス食べてるんだもん」
「うるさいわねぇ。食べたくて食べてるんだから、別にいいでしょ！」
　そう言って紗希ちゃんは、手に持っていたアイスを口に頬張る。
　うーん。見てるだけでこっちまで寒くなってくるんだけど……。
「……で、じゃあ最初から話してもらいましょうかね。山崎ゆきさん」
「う……っ」
　紗希ちゃんから細い目でジトーッと見つめられ、ビクッと体に震えが走る。
　紗希ちゃん、怖いよ……。
「うん、わかった。全部話すよ」
　私はそう言ったのを皮切(かわき)りに、全てを紗希ちゃんに話した。
　恋愛授業のこと、長瀬くんのこと、歩くんの中学時代のこと、今まであった出来事全部。
　すると紗希ちゃんはそっと口を開き、こう言った。
「バッカじゃないの」
「ひどいっ!!」
　こっちは悩んで悩んで悩みまくってるのに、"バッカじゃ

ないの"はないよ、紗希ちゃん‼
「バカよバカ。大バカもの！」
　そう言って、ゴチッと私の頭を叩く紗希ちゃん。
　い、痛い……。
「まだ相手の返事も聞いてないのに、自分のこと嫌いかも〜なんて、バカが考えることよ‼」
「バ、バカバカ言い過ぎだよ紗希ちゃ〜ん‼」
「バカにバカって言って何が悪いのよ？」
「うぅっ」
　そこまで言わなくても、いいと思うんだけどな……。
「とにかく、絶対に告白しなさいよあんた。じゃないと……」
「後悔する……よね」
「何よ、あんたわかってるんじゃない」
「でも、ハッキリ自分の気持ちはわかってるんだけど……」
　佐野先生にだって言われた。
　気持ちを伝えてみなきゃ、相手が自分をどう思ってるかなんてわからない。
　わかってる。
　わかってるけど……。
「もし歩くんに振られちゃったらって思ったら、怖くて……」
「……ゆき」
　振られるぐらいならまだいいけど、元の関係に戻れないのが一番怖い。
　もう二度とまともに話せないんじゃないかとか、いろいろ考えて……。

「……やっぱりバカ」
「え……？」
　紗希ちゃんはそう呟いて、私の手をギュッと握った。
　そして……。
「振られて元の関係に戻れなくて悲しい時も、大丈夫。私が一緒にいてあげるから！」
　そう言って、優しい笑顔を見せてくれる紗希ちゃん。
「紗希……ちゃん……」
「何年あんたの友達やってると思ってんのよ！　あんたが泣きたい時には、胸ぐらい貸してあげるわよ」
　そう言って、私の頭をワシャワシャッと撫でる。
「……ふふっ」
「？　何、笑ってんの？？」
「ううん、なんか……紗希ちゃんと佐野先生、似てるなーって思っちゃって」
「はあ!?　あんなだらしない奴と一緒にしないでよ!!」
「紗希ちゃん、それは言い過ぎ」
　私がそう言うと紗希ちゃんは「はぁ」とため息をついて、私のグシャグシャになった髪を整えてくれた。
「……でも、本当に泣きたくなった時や苦しくなった時は、私に言ってね？」
「……うん、わかった」
　私がそう返事をすると、紗希ちゃんは「よし、いい返事だ！」と言って私の手をまたギュッと握りしめた。
「じゃあ今から、ケーキ屋巡りにレッツゴー!!」

「えぇ!? 今から!?」
「もちろんよ！ あ、あんたを勇気づけてやったんだから、ケーキのひとつぐらいおごりなさいよね」
「えー!?」
　そんな会話をしながら、私と紗希ちゃんはふたりで街中に走っていった。

　そして、その翌日。
　大丈夫。
　もう、大丈夫。
　そりゃ、まだ怖いし、不安はたくさんあるけど……。
　この気持ちを心の中にため込んだままじゃダメだって、思うんだ。
　だから———……。

　——キーン　コーン。

　放課後を告げるチャイムが学校中に鳴り響いた。
「じゃあねゆき。頑張って！」
「うん、またね、紗希ちゃん!!」
　私はそう手を振って紗希ちゃんと別れ、鞄をギュッと握りしめて……。
「よしっ！」

　科学室に向かった———……。

絶対に叶わない恋【side歩】

　この恋は叶わない。
　絶対に、叶わない。

　────ピピピッ
　体温計の電子音が、静かな部屋に響き渡った。
　39度8分……か。
「意外に高いな……」
　そう呟いて、俺はバタンとベッドに倒れ込んだ。
　その日、俺は熱を出して学校を休んだ。
　風邪だ。
　原因は、一昨日、雨に濡れたせいだろう。
　一昨日……。
「……ゆきにキス、したんだよな。俺」
　俺はそっと、自分の唇に指先を這わせた。
　俺はゆきにキスをした。
　そして俺は、ゆきを好きだということに気が付いた。
　いや、きっともう随分と前から、ゆきを好きだということには気付いていた。
　ただ、認めなかっただけ。
　だって、認めてなんになる？
　ゆきは長瀬が好きだ。
　なのに、俺はゆきのことを好きになって……。

「……でも、もう後戻りできない、よな」
　自分のこの気持ちを認めてしまったから。
　もう、後戻りはできない……。
「……ごめん、ゆき」
　"ごめん"と、何度も呟く。
　俺はゆきの恋愛の先生なのに。
　ゆきと長瀬の仲を、応援しないといけないのに。
　なのに……。
「……ゆきが長瀬に振られればいい……なんて」
　何、考えてんだよ、俺。
　最低だよ、俺。
　だから……、
「応援できなくてごめん、ゆき。こんな最低な俺で、ごめん」
　好きになってごめんね、ゆき。
　そう呟いて、俺はそっと目を閉じた……。

　ピンポーン…
「………ん、ぁ？」
　パチリと目が覚める。
　今、玄関のチャイム鳴ったよな……？
　そう思いながら部屋の時計を見てみると、時計の針は午後５時を指していた。
「……誰……？」
　両親は仕事で外出しているから、今家にいるのは俺ひとり。
「……俺が出るしかない、か」

仕方ないと思いつつ、俺はベッドから降りて玄関に向かった。
　すると、その玄関にいたのは……。
「ああ、あの、山崎です。歩くんのお見舞いに来ました」
　───ガシャンッ！
　インターフォン用の受話器を手荒くしまうと、俺は勢いよく玄関の扉を開けた。
　そこにいたのは、やっぱり……。
「ゆ……き……っ？」
　自分の目が丸くなる。
　だって、なんでゆきがここにいる？
　いや、さっき"お見舞いに来ました"って言ってたけど、でも……。
「あ、歩くん！　ベッドで寝てないとダメだよ!!　早く中に……」
　そう言って、俺に触れようとするゆき。
　あ……。
「触るなっ!!」
　気付いた時には、俺はそんな言葉を叫んでいた。
「わ、私……っ」
　俺の大声に、ゆきの体がビクッと揺れる。
　───これ以上ゆきに近付いたら、ダメだ。
　そんな俺の気持ちが、思わずゆきを拒んでしまう。
　だけど結局、俺は熱のせいで上手く歩けず、ゆきに腕を支えられながら、そのまま自分の部屋へ行った。

そして……、
「……あの、歩くん。一昨日の、ことなんだけど」
　ゆきは突然そう言って、俺をジッと見つめた。
　一昨日……。
「なんで、あの時、キスなんて……」
　そう、言葉を続けるゆき。
　なんで、あの時、キスをしたか？
　そんなの、ゆきが好きだからに決まってる。
　だけど、こんなことを言っても、ゆきを困らすだけだ。
　だから……、
「───あんまり、覚えてないんだ。あの時のこと」
　俺は、全てを忘れたことにした。
　そんな俺の答えに少々納得してない様子のゆきだったが、
「そ、そっか。覚えてなかったんだ！」
　と言って、その話は無理やり終わりにした。
　だけど、次に発せられたゆきの言葉により、熱で火照った俺の体が一気に冷めることになる。
「……長瀬くんが、転校しちゃうみたいなんだ」
　……は？
「一週間後にはもう転校しちゃうんだって。だから……」

　　"───私、長瀬くんに告白しようと思うの"

　ガンッと、頭を何かで思い切り殴られたような……そんな衝撃が走った。

目の前が、真っ暗になる。
　ゆきが、長瀬に告白をする……。
　この状況なら、『頑張れよ！』とか『応援する！』とか、そういう言葉をかけるのが普通だろう。
　だけど、次に俺の口から漏れた声は……、
「用が終わったなら、さっさと帰れよ」
　凄く冷たい声だった。

「……――告白、か」
　ゆきが帰り、少し時間が経過した頃、ボーッとした頭のまま、俺はポツリと呟いていた。
　ゆきが、長瀬に告白する。
　ということは、恋愛授業はもうこれで終わり。
　放課後の科学室で、ゆきとふたりきりの時間を過ごすことはもうない……。
「……恋愛授業、終わらせたくない、な」
　でも、応援しなきゃ、ゆきのこと。
　ゆきが長瀬に、ちゃんと気持ちを伝えられるように、俺が教えなきゃ。
　俺は……。
「俺は、ゆきの恋愛の先生だから……」
　だから、最後の授業をしよう。

　――次の日。
　放課後、俺はゆきを連れて、人気のない廊下に行った。

そして、
「……じゃあ、ゆき、これが最後の授業だから。……好きって、言ってみて」
　そう言って、俺はゆきをジッと見つめた。
　これが最後の授業。
　告白の授業。
　実際、練習だとわかっていても、ゆきに"好き"って言われたら、俺の気持ちは爆発しちゃいそうなんだけど……。
　でも、俺、ゆきのことちゃんと応援するって決めたから。
「あ、歩……くん……？」
「……言えって」
　ゆきを急かすように、俺はゆきの頬にキスをする。
「……早く言えって」
　ゆき、お願いだから言って。
　そして、授業を終わらせて。
「言わないと、止められなくなるから」
　もう、ゆきの先生でいるのは限界だから。
　ゆきの恋を応援するって決めたけど、やっぱり辛いから。
　叶わない恋なら、もういっそのこと、ゆきから離れてしまいたいから———……。
「……あっ」
　ふと窓の外を見て、俺は思わず声を漏らした。
　あれは……長瀬？
「———っっ」
　俺は、唇をグッと噛みしめた。

そして、ゆきの腕を引っ張り、長瀬がいる校門まで走った。
　思えば、長瀬はもうすぐ転校するんだ。
　だから、もう恋愛授業なんて、してる暇ないんだ。
「……長瀬!!」
「え？　あ、山崎さんに時束じゃないか。どうかした？？」
「な、長瀬くん？」
　長瀬の姿を見て、目を丸くするゆき。
　俺は「ちょっと、ゆきが話があるみたいだから」と言って、長瀬を見つめた。
「歩くん!?」
　俺の言葉に、ゆきは驚きの声を上げる。
「……もう、俺が教えることは、何もないから」
　ゆきに教えることなんて、もう何もないよ。
　突然始まった『恋愛授業』。
　俺がゆきに恋愛のことについて教えなきゃいけなかったのに、むしろ、教えてもらったのは俺の方だ。
　"ヤキモチ"を教わった。
　"苦しみ"を教わった。
　"好き"って気持ちを教わった。
　ゆきから教えてもらった気持ちは、大切にするよ。
　だからね、ゆき。
　もう、恋愛授業は、おしまいだ。
「応援してるから」
　俺はそう囁いて、ゆきの背中をトン……と押した。
　そしてそのまま、ゆきの方を一切見ずに科学室へと走った。

俺とゆきが恋愛授業をしていた、あの科学室に……。

「……あ、れ？」
　科学室に入ると、そこには誰もいなかった。
　藍沢も、佐野先生もいない……。
　あー、でも、誰もいなくてちょうどいいか……。
「……ゆき、ちゃんと告白できたかな」
　いや、ゆきならきっと大丈夫。
　だって、俺が好きになった女の子だよ？
　振られるなんて、あり得ない。
「ゆき、むっちゃ可愛いし。守ってあげたくなっちゃうっていうか。真っ赤になった顔とか、たまんないし……」
　長瀬だって、そんなゆきのことをきっと好きだ。
　でも、でも……。
「……俺は、誰よりも」
　ゆきが、好きだ。
「ゆきが、好きなんだ」
　やっぱり、この気持ちを抑え込むなんて……。
「………無理、に、……決まってんだろ」
　俺はひとりそう呟くと、椅子に座ってテーブルに顔を伏せた。
　その瞬間のことだった。
　　───ガララッ！
「え……？」
　いきなり開かれた扉に驚いて、パッと顔を上げる。

そこには……。
「……ゆき」
「歩……くん？？」
　ゆきの姿を見た瞬間、苦い顔になる俺。
　なんでゆきは科学室に来た？
　ああ、ゆきって真面目だから、告白した結果報告でもしに来たのかな？？
「ゆき……どうだった、長瀬は？」
　聞かなくてもわかる。
　ゆきの声からして、告白は成功したのだろう。
　何も変わらない、いつものゆきの声。
「……その様子だと、うまくいったって感じ？」
　絶対にゆきと視線を合わせまいと、俺は窓の外を眺める。
　オレンジ色の淡い光が、優しく俺の顔を照らす。
「うまくいった？……うーん、どうなんだろ？？」
「……は？」
　ゆきのかなり曖昧な答えに、俺は思わず変な声を上げてしまう。
　そして絶対に視線を合わせないでおこうと思ってたにもかかわらず、ついゆきの方を見てしまった。
　なんだよ。
　告白、上手くいったんじゃないのか？
「でもね、歩くん」
　そう言って、ジッと俺を見つめるゆき。
「私……歩くんに大事な話があるんだ」

今までにない、ゆきの真剣な声。
　俺に……話って?
「……長瀬くん、実は彼女さんがいたんだ。さっき会ったんだけどね」
「……」
　……は?
「はぁぁ!?」
　今まで発したことがないくらいの大声が、俺の口から漏れる。
　だって、彼女がいたって……。
「告白しなかったよっ」
　そう言って笑うゆき。
　そんなゆきを見て、俺は……。
「そっか……」
　長瀬とゆきが付き合わないと知って、正直、ホッとした。
　いや、でも……。
「ゆきはそれでよかったのかよ?……告白、本当にしなくていいのか?」
　そう言いながら立ち上がり、ゆきの頬に優しく触れる。
「……せっかく俺が後押ししてやったのに、今さら告白しないなんて……ムカつく」
　ムカつく?
　そんなの嘘だ。
　凄く、嬉しいって思ってる。
「……あ、あのっ」

少し戸惑った様子のゆきの声が、俺の傍で聞こえる。
　……長瀬には、結局彼女がいた。
　そしてゆきは、長瀬に告白しなかった。
　でも、それでも、ゆきが長瀬を好きってことは変わらない。
　だけど……さ、もしかしたら、俺にもチャンスがあるかもって思う俺は……バカ、なのかな？

「───何してるの？」
「っ!?」
　いきなり聞こえてきた声にビックリして、俺はバッとゆきから体を離した。
　そして、声のした方に顔を向ける。
「山崎さん、そいつにはあんまり関わらない方がいい。俺からの忠告だよ」
「……藍沢…くん？」
　気が付くと、藍沢がゆきの真後ろに立っていた。
　まるで、絶対にゆきに近付くなと俺に言うように……。
「時東も、やっとこの頃は落ち着いたと思ってたのにな。また、女の子に手を出すのか？」
　いきなり藍沢が言った言葉。
　最初のうちは、藍沢が言っている意味がよくわからなかった。
　でも……。
「……藍沢、お前っ」
「山崎さん、時東は最低な奴なんだよ」

フッと笑って、藍沢は冷たく言い放つ。
　藍沢は、いったい何が言いたい……？
「俺と時東は中学から一緒で、お互いのことをよく知ってる。それと同時に、俺はこいつのことが大嫌いだ……なぁ、時東？」
「藍沢、いったい何を言うつもりな……」
　そこまで言って、俺はハッとある"過去"を思い出した。
　まさか藍沢、あのことを……。
「山崎さん、実はね、時東は」
「やめろ藍沢！　それは、ゆきには関係ないことで……」
　なんとか、藍沢の言葉を遮ろうとした。
　だけど、結局、藍沢の言葉を遮ることはできず……。
「時東は、中学時代、同時に何人もの女の子と付き合ってたんだ。挙げ句の果てに、その女の子たちを自分から捨てた」
「え———……？」
　藍沢の言葉に、体を固まらせるゆき。
　そんなゆきに対して、藍沢はまだ言葉を続ける。
「俺はそんな不誠実な時東が嫌いなんだ。山崎さんには、同じ科学部の仲間として忠告をした」
　忠告？
　ふざけんな。
　お前に、俺の何がわかるんだよ。
　それに、そのことは、ゆきには関係ないことだろ……？
「歩くん……今、藍沢くんが言ったこと、本当？」
　ゆきの質問に、俺は拳をギュッと握りしめ……コクリと

頷いた。
　少しの間、何かを考えるように押し黙るゆき。
　そして……。
　───ポロリッ。
　え……？
「ゆき……っ!?」
「え、あ、ちがっ……これは」
　ポロポロと、拭っても拭ってもゆきの目からこぼれる涙。
　……ああ、俺、軽蔑されたんだ、ゆきに。
　慌てる頭の片隅で、もうひとりの冷静な俺がそう呟く。
　……そりゃそうか。
　何人もの女の子と付き合ってただなんて、ゆきにとったら最低なことだ。
　だから俺を軽蔑して、そのショックでゆきは泣いてるんだ。
　ゆきに……軽蔑、されたんだ。
「……っ」
　ゆきの泣いてる顔が見られなくて、俺は科学室から飛び出した。
「……やっぱバカだよ、俺」
　２年生用の下駄箱がある場所まで走った俺は、壁に背を預け、白い天井に向かってポツリと呟いた。
　周りに誰もいないからか、その声は虚しく響くだけで……。
「……チャンスがあるかも、なんて」
　長瀬に彼女がいるってわかって、ゆきが告白しないって

わかって。
　だから俺、ゆきにこの気持ちを伝えるチャンスなんじゃないか……なんて……。
「……バカだよ。本当に、バカすぎるよ、俺」
　目頭が、カアアッと熱くなっていく。
　男子だからとか、学校だからとか、そんなこと、この時の俺には考えられなくて……。
「……ふ、うっ、……くっ」
　誰にも聞かれないように声を殺して、そしてこのまま、ゆきへの気持ちも殺してしまえと思いながら、俺はたったひとり、静かに、静かに……。
「……ゆき、バイバイ」

　泣いたんだ。

五時間目

ぶつかった気持ちたち

「……あれ？」
　かれこれ……もう何分たったんだろうか？
　私はずーっと、こんなことばかりを呟いていた。
　だって、だってだって……。
「……歩くんが、いない」
　科学室に来ても学校中のどこを探しても、歩くんの姿は見当たらないのだ。
　本人がいないなら、告白のしようがない。
告白する以前の問題だもん。
「まさか、もう家に帰っちゃったとか……」
　そんな嫌な考えは否定したいところだけど、これだけ探していないんじゃあ……。
「……あっ!!」
　ふと、廊下の先に白衣を着た男の子の姿が見えた。
　あの後ろ姿は……。
「歩くん!!」
　そう声を上げて、私はその男の子に近付いた。
「歩くん、よかった！　私、凄く探して……」
「え？」
　近付いて声をかけて、そこでやっと気付く。
　……歩くんじゃない。
「あ、ごめんなさい。人違い……でした」

そう言ってペコリ頭を下げると、怪訝な顔をしてその男の子はどこかに行ってしまった。
　ダメだ。
　ダメだ。ダメだ。
　歩くんと他の男の子を間違えるなんて、私……。
「焦っちゃダメ。まだ歩くんが帰ったって決まったわけじゃないんだし。もしかしたら帰ったかもってだけで……」
　……でも、本当に帰っちゃったのかなぁ。
「……時東なんて探して、どうするつもりなの、山崎さん？」
「ひゃあ!?」
　いきなり後ろから声をかけられて、思わず変な声を出してしまった。
　こ、この声は……。
「藍沢くんっ!?」
「時東を探してるんでしょ？　まだ諦めてないんだ？？」
「藍沢くん……っ」
　藍沢くんの冷たい視線に、少しだけ体が震え始める。
　でも、藍沢くんにはハッキリ言わなきゃ……。
「諦めるも何も、まだ歩くんの気持ちだってわかってないし……」
「ほとんどわかってるようなものだよ。時東は……」
「まだ、歩くん自身からハッキリ聞いたわけじゃないから」
「……ふーん」
　藍沢くんはどこか面白くなさそうにそう言うと、無表情のまま私をじっと見つめた。

「……何？」
「時東は、帰ったわけじゃない。まだ学校にいる」
　藍沢くんの言葉が耳に入った瞬間に、体が急に熱くなる。
　歩くん、まだ学校にいるんだ。
　じゃあ……。
「あ、歩くん、どこにいるか知らない!?　どこ探しても、見つからなくて……」
「見つからないんじゃないよ。わからない山崎さん？　時東は、山崎さんを避けてるんだよ？？」
「え……？」
　避けてるって……歩くんが、私を？？
「だから、もう時東には……」
「……それでも、伝えなきゃいけないことがあるから」
「……山崎さん？」
「藍沢くんは言ったよね。女の子たちはみんな、歩くんの外見しか見ていないって」
　確かに、藍沢くんの言ったとおりなのかもしれない。
　歩くんは凄く格好よくて、みんな勝手に歩くんのことを"王子様"だって決めつけて……。
　それでも、私は知ってるから。
「私は、歩くんが凄く優しいこと知ってるから。きっと私を避けてるのにも、何か理由があると思うんだ」
「それは……」
「あ、でも、藍沢くんが優しいことも、私、知ってるよ？」
その途端「は？？」と、藍沢くんは今までにないぐらい、

凄く驚いた顔をした。
「藍沢くん、今、歩くんがまだ学校の中にいるってこと教えてくれたし……それに前だって、私がコケちゃった時にハンカチを貸してくれたから」
「あ、あれは……別に」
　藍沢くんは少し顔を赤くして、私からプイッと顔を逸らした。
　あ、照れてるのかな……？
「じゃあ、私、歩くんを探しに行ってくる。じゃあ……」
「……待って山崎さん」
「えっ？」
　歩くんを探しに行こうと足を動かしたら、藍沢くんがいきなり私の腕を掴む。
　そしてグイッと、思い切り引っ張った。
「ちょっと来て」
「え？　藍沢く……っ」
　藍沢くんはそれだけ言うと、その後は何も言わずにどんどん私の手を引っ張っていく。
　ど、どうしたんだろ藍沢くん？
　いきなりこんな……。
「本当は、自分がこんなことするなんて思ってなかったけど……」
「藍沢くん？？」
　そして私は、そんな藍沢くんに引っ張られるがまま連れて行かれて……。

「え、ここ……科学室？」
「……早く中に入ってよ」
「あ、う、うん」
　藍沢くんに言われるがままに、科学室の中に入る。
　静かに白いカーテンが、ゆらゆらと揺れていて……。
「藍沢くん、いったい……」
「……俺は、ただ時東に嫉妬していただけなのかもしれない」
「……嫉妬？」
　いきなり話し出した藍沢くんに、そう疑問を向ける。
　そしたら藍沢くんは「ふぅ」と息を吐いて……。
「俺は、中学の頃から時東と一緒にいて……スポーツや美術や、いろんな面でいつも時東に負けてた。だから、なんでもこなせる時東のことが、羨ましかったのかもしれない」
　そう言って、少しだけまた息を吐いた。
　"嫉妬"!?
「だから俺は……」
「そんなことないよ!!」
　私の声が、科学室に綺麗に響き渡っていく。
「山崎さん？」
「藍沢くんは藍沢くんで、とってもいいとこだってある。時東くんに持ってないものだって絶対に持ってる。でも、それとは逆に、藍沢くんの持ってないものを時東くんは持ってる。それが普通なんじゃないかな？」
　そう言うと、私は藍沢くんを見つめた。
　同じ人なんていないから。

だから……。
「……そんなことを言われたのは、初めてかもしれない」
「へ？？」
　藍沢くんはそう呟くと、フッと笑って……。
「俺に持ってないものを時東は持ってる。その時東が持ってるものに、山崎さんは惹かれたんだね」
「あ、う、うん」
　藍沢くんの言葉に顔を赤くしながらも、ハッキリと頷く。
「……時東が、好きなんだね」
「……っ！」
　いきなり聞かれた質問に、思わずビックリしてしまう。
　でも、今ならハッキリと答えられるから……。
「───うん!!」
　私は大きな声で、科学室の隅々まで響き渡るようにそう言った。

「……だそうだよ、時東。早く机の下から出てきたらどう？」
　……え？？
「あ、藍沢くん？　何、言って……」
「さっさと出て来い時東。そこにいるんだろ？」
　そう藍沢くんが言った瞬間、"ガタタッ"と音がして……。
「いつから、気付いてたわけ？」
　いきなり歩くんが、机の下から出てきた。
「……え」
　あ、どうしよう。

頭の中が真っ白になっちゃった。
「え、歩くん、いつからそこにいて……え？」
「いつからって……最初から？」
「えええええ!?」
　さっきまで頭が真っ白になってたけど、やっとリアクションができるまでに頭が回復(かいふく)する。
　最初からって……最初から!?
「あ……っ」
　そこで初めて、ボッと顔が真っ赤になるのがわかった。
　だって……。
　だって、だって、
　私、さっき藍沢くんに"歩くんのこと好き？"って聞かれて……。
「ねぇ、山崎さん」
「は、はい？」
　名前を呼ばれて、チラッと後ろを見る。
　そしたら藍沢くんが、清々(すがすが)しいほどの笑顔を見せていて……。
「俺、時束に頭だけはいつも勝ってたから」
　そう、言い放った。
「……えぇぇー？？」
　もう何がなんだかわからずに、体から力が一気に抜ける。
　え？　え？？
「まあ、時束が嫌いなのは本当だけどね。いちいちしゃくに障(さわ)るんだよ」

「んだよ、それっ」
「それに女たらしだったのは本当だしな。だから山崎さんには、時東とは付き合わない方がいいって言ったけど……」
「それ、本当かよ？」
「ああ、ごめん。でも、嘘だ」
「嘘っ!?」
　藍沢くん、嘘っていったい……？
「俺は、山崎さんのことが好きだったみたいだから」
「……へ？？」
　ボボボッと、自分の顔がさらに赤くなるのがわかった。
　だ、だだ、だって……。
　好き!?
「でも、この気持ちはよくわからない。山崎さんに、あんなヒドい言葉しかかけられなくて……」
　そう言って、藍沢くんは悲しそうな顔をして俯いた。
　ヒドい言葉……か。
「恋っつうのはそんなもんなんだよ。あ、でもさ……」
「え？　きゃっ!!」
　いきなり歩くんが私を自分の方に引き寄せて、私をギュッと抱きしめた。
　わ、私……歩くんに抱きしめられてる!?
「あ、歩く……っ」
「絶対に、ゆきはもう離さねえから」
　そう言って歩くんは、私を抱きしめる腕にグッと力を入れた。

ひゃあああああ!?
「歩く……ん」
「大丈夫だよ。時東の物を取ったりしないから」
「ああ、もう俺の物だから」
「物じゃないよ私!!」
「ゆきは黙ってて」
　そう言って、私の唇に人差し指を"ツーッ"と滑らせる。
　わわわっ!!
「……はぁ。じゃあ、俺の役目もここまでだな」
　藍沢くんはため息をつきながらそう言うと、科学室を出て行こうとした。
　そんな藍沢くんを、歩くんは「藍沢！」と言って引き止めた。
「……何？」
「あの、さ……ありがとな」
　歩くんは少し照れくさそうにそう言って、フイッと藍沢くんから視線を逸らす。
　すると藍沢くんは、少しだけ驚いたような顔をして……。
「……お前も、変わったな」
　そうひと言だけ言って、科学室を出て行った……。

触れた唇

「……ゆき」
「は、はい!?」
　抱きしめられたまま名前を呼ばれ、ピクッと肩が跳ねる。
　歩くんとふたりきり、なんだよね今……。
「なんか、凄い長い時間会わなかったような気がする」
「あ、歩く……んっ」
　"チュッチュッ"とキスをしながら、歩くんは言葉を囁いていく。
　はうぅっ、くすぐったい！
「私、探したんだよ、今日？　なのに、なんで机の下になんか……」
「いや、ごめん。科学室に来て、ゆきの声がしたから、とっさに隠れた」
「……ずっと、私のこと避けてたの？」
「……ごめん」
　そう言って、ギュウゥッと私を抱きしめる。
「あ、歩くん……苦しい」
「あ!?　ご、ごめん……」
　パッと私から体を離し、歩くんは私を見つめる。
　バチッと歩くんと目が合って、カァッと私の顔が赤くなる。
「歩く……っ」
「そんな顔するなよ、本当に……我慢できなくなるから」

「我慢？」
　私がそう聞くと、歩くんは「そ、我慢」と言って私の顎に自分の指をソッと添えた。
「ゆき……」
「あ、ま、待って!!」
「……何？」
　両手を出してストップをかけた私に、不機嫌そうな顔をする歩くん。
「わ、私、歩くんにいろいろと聞きたいことがあるの！」
「後回し」
「ダメッ!!」
　顔を近付けてくる歩くんを、なんとか両手で押しのける。
　聞かなきゃいけないことがたくさんあるから、それを聞くまでは……。
「なんで、今日……私を避けてたの？」
「……いや、だって、昨日のゆきの泣いてる姿が頭をよぎって」
「あれは、私のこと歩くんが嫌いなのかなって思って……」
「はぁ!?」
　いきなり大きな声を出した歩くんに、ビクッと肩が揺れた。
　歩くん？？
「えっ、あれは、ゆきが俺のこと軽蔑(けいべつ)してじゃ……。俺、中学時代、同時に複数(ふくすう)の女の子と付き合うなんていうヒドイことをしてたから」
「ち、違うよ！　あれは、ただ、歩くんが私に恋愛授業を

してくれたのは、単なる遊びだったのかなって。だから歩くんは、私のこと、もともと嫌いなのかもって……」
「……あーもー、バカ」
「え……？」
　そこで、歩くんは顔を近付けてきて、"チュッ"と私の唇にキスをした。
　ひゃああ!!
「歩く……んっ！」
「……っは、嫌いなわけないだろ、こんなに好きなのに」
　そう優しく言って、また優しくキスをする。
　どうしよう。頭がポーッてしてきちゃった……。
「……あと、ただの言い訳かもしんないけどさ……何人もの女の子たちと付き合ってたのは、理由があってさ」
「理由？？」
　私が首を傾げると、今度は私の首筋に唇を擦り付ける。
「……あっ」
「……何、その声。俺のこと煽ってる？」
「違うよ！　煽ってなんか……ちゃんと質問に答えて!!」
　私がそう強く言うと、「ゆきは本当に頑固者だよな」と言って、私の頭を優しく撫でた。
「女の子たちと付き合ってた理由は、ただ……俺を外見だけで決めない女の子を探してたわけ」
「外見だけで？」
「ま、結局は誰もいなかったんだけどさ……みんな、俺を好きになった理由は"外見"。だからすぐに、女の子たち

とは別れたから」
　そう言って、歩くんは優しい笑顔を私に向けた。
「あと、実は科学部に入ったのもこれが理由でさ……。一番、女子の部員が少ないのが科学部だったから、この部活に入ったんだよ」
「そう……だったんだ」
　藍沢くんの言うとおり、歩くんのことを外見でしか見ない人いっぱいいるんだ。
　なんか、それって……。
「でも、ゆきは、俺が最初に長瀬を好きな理由を聞いたら、外見じゃないって言っただろ？」
「う、うん。確か……」
「だから、ゆきに興味がわいて……"恋愛授業"なんて話を持ちかけたんだ」
　そう私の耳元で囁いて、まるでクリームを舐めるみたいに、私の鎖骨あたりをペロッと舐めた。
「ひゃっ！」
「あんまり声出すなよ。人が来たらイヤだから」
「む、無理だよそんな……」
　ただでさえ恥ずかしいのに、なんか歩くん、わざと私に声を出させてるみたいな……。
「……ゆき、好き」
「へ？？」
「だからさ、ゆきも俺の顔見て、ちゃんと言ってよ」
　私の顔を下から覗き込みながら、歩くんはそう言ってニ

コリと笑った。
　歩くんの顔を見て!?
「むむむ、無理無理!!」
「俺はちゃんと"好き"って言ったよね？」
「でも……っ」
「言えって……な？？」
　耳元で静かに囁かれ、ピクッと体全体が揺れる。
「歩くんの……バカ」
「なんか言った？」
「何も言ってませんー!!」
　ほぼ涙目でそう言うと、歩くんはクスクスと笑った。
「ね？　言ってよ……ゆき」
「〜〜〜っ……」
　恥ずかしすぎる。
　でも、言葉にしなきゃ、自分の気持ちは伝わらないから……。
「……歩くん」
「何？」
「……好き」
「よく言えました」
　クスッと笑って、歩くんはまた私に"チュッ"とリップ音を響かせながらキスをした。
　うわああん！
　恥ずかしいよぉ……。
「……歩くんっ」

「……もう全部話し終わったし、我慢しなくてもいいよね」
「え……？」
　いきなり歩くんはそう言うと、私をガッと抱き上げた。
　……え。
「えええええっ!?」
「静かにしろって」
「でも、でもでもでも……」
　そのまま科学室の机の上に降ろされ、ゆっくりと押し倒される。
「……ゆき」
「ひゃうっ！」
　すぐ近くで名前を囁かれて、変な声がでてしまう。
　そして歩くんは、器用に私の制服のボタンを外しだした。
「ま、待って……」
「十分待ったって」
　そう言って私の制止をかわすと、歩くんは私の胸元に唇を擦り付ける。
　いやあああ!!
「歩くん！　そこはだめ！　本当に!!」
「暴れたら噛むよ？」
「つっ!!」
「なーんて、冗談だよ」
　可笑しそうにそう言って、私にまたキスをする。
　も、もうダメ……。
「……ん？」

ちょっと待って。
「待って、歩くん」
「？　どうしたんだよ？？」
「……隣の教室」
「科学準備室がどうかした？」
　私は静かに机の上から下りて、科学準備室へと通じる扉の前まで歩いていく。
　そして勢いよく、その扉を開けると———……。
「わあぁ!?」
「っ!?　佐野先生!!」
「は？　なんで佐野先生がこんなとこにいるわけ？？」
　私と歩くんからイヤ〜な目で見られている佐野先生は、「げっ」と言ってその場に立ち上がった。
「"げっ"じゃないですよ佐野先生！　昨日先生が、いつも科学準備室で寝てるって言ってたから、まさかとは思ったけど……」
「先生、盗み聞きなんて最低ですね」
「う、うう、うるさい！　だいたい、科学室でいかがわしい事をするお前らが悪い!!」
　かなり慌てた様子で、佐野先生は「とにかく！」と話しを続ける。
「もう時間も時間だから、早く帰りなさい!!」
「言われなくても。じゃあ、ゆき、行こっか」
「わわっ！」
　少し不機嫌そうな歩くんが、そう言って私の腕を引く。

そして私が佐野先生とすれ違った瞬間に……。
「───伝わってよかったな、山崎」
　その声が聞こえたと同時に、私は佐野先生の方をパッと見た。
　そこには、ニコニコとした笑顔の佐野先生がいて……。
「……ありがとう、先生」
　聞こえたかどうかわからないけど、私は佐野先生に向かってそう呟いた。
　大丈夫。
　伝わってるって信じてるから。
「じゃあもう暗いし、家まで送ってく」
「え、でも歩くんの家は……」
「いいから。な？」
　そう言って歩くんは、私の手をグッと引き寄せたんだ───……。

もう絶対に離さない【side歩】

　もう、この手は離さない。
　絶対に。
　絶対に。

"……ゆき、バイバイ"
　俺はそう呟いた。
　それと同時に、俺はもうゆきには会わないでおこうと決めた。
　部活も、変えよう。
　科学部は好きだけど、仕方ない……か。
　だって、もうゆきには会えない。
　ゆきの顔を見たら、また、泣いてしまいそうになるから。
　なのに――……。
「なんでっ……なんでなんで。なんでどこに行ってもゆきと会うんだよー!!」
そう叫びながら、俺は走る。
　走る。
　走る。
　ゆきとは、もう会わないでおこうと決めた。
　なのになぜか今日は、どの廊下を通ってもゆきと遭遇する。
　俺はゆきの姿を見たらすぐに逃げているから、ゆきは俺の存在には気付いてないみたいだけど……。

「……あっ」
　ゆ、ゆき……！
　前方にゆきの姿を見つけ、俺は早く逃げろ！と体中に指示を送る。
　そして俺がとっさに逃げ込んだ場所は……科学室、だった。
「……ん？」
「え…っ」
　科学室に入り、ドキリとした。
「……あい、さわ」
「……なんだ、時東か」
　俺の姿を見た途端、あからさまに嫌な顔をする藍沢。
　そんなに俺のことが嫌いなのかよ……。
「山崎さんが、お前のことを探してるみたいだが？」
「……俺を……探してる？」
　ゆきによく会うと思ってたけど……俺を、探してるのか？
　いや、でも、なんで……。
「その顔は知らなかったという感じだな。……で、お前は山崎さんに会う気はあるのか？」
「それ、は……」
「……会えるわけないか。山崎さんを、あんなふうに泣かせたんだからな」
「──っっ……」
　"泣かせた"
　藍沢のその言葉が、ズンッと胸にのしかかる。
　そして俯く俺を見るや否や、藍沢はバサリと乱暴に白衣

を脱ぎ捨てた。
「お前を探し続ける山崎さんが可哀想だ。時東を探しても無駄だと、山崎さんに伝えてくる」
　そう言うと、藍沢は科学室を出て行った。
　そんな藍沢を、俺はただ見つめることしかできなくて……。
「……いや、いいんだ。これでいいんだ」
　と、自分に言い聞かせるように呟く。
「ゆきには、もう会わないって決めたんだから……」
　もう決めた。
　決めたことなんだ。
　なのに……。
「……ゆき」
　その名前を呟くたび、胸が苦しくなって……。
「……俺のこと好きになって、なんて贅沢は言わないからさ」
　その願いは、もう絶対に叶わないもので……。
「お願いだから、もう一度」
　もう一度、ゆきと手を繋ぎたかったな……。
　そんな思いを胸に、俺は目にたまった雫を押し込むために無理やりまぶたを閉じた。
　すると、それと同時に……、
「え、ここ……科学室？」
　そんな声が、いきなり廊下の方から聞こえてきた。
　この声は、もしかして……ゆき？？
「な、なんで……！」

驚いて俺は、近くにあった机の下に潜り込んだ。
　なんでゆきが科学室にいるんだよ———！
「……早く中に入ってよ」
「あ、う、うん」
　そんな会話が聞こえ、ガラリと科学室の扉が開いた。
　って、今の声は藍沢？
　なんで藍沢もいるんだ？？
「？？？」
　何が何だかわからなくなり、頭の上に大きなハテナマークを浮かべる俺。
　そんな俺を置いてけぼりに、藍沢とゆきは何か話をしている様子。
　いったい何を話してるんだ？
　そう思って聞き耳を立てた瞬間、聞こえてきた言葉は……。
「……時東が、好きなんだね」
「は———っ!?」
　藍沢の言葉に思わず少し声を漏らすも、すぐにバッと口を塞いだおかげでゆきには俺がいることはバレなかったようだ。
　いや、バレるとかバレないとか、そんなこと今はどうでもよくて……！
「藍沢は、何言ってんだよ……」
　ゆきに、俺のこと好きかなんて聞いて……。
　ゆきの答えなんて、わかってるだろ。

「ゆきが、俺のことを好きなハズがない」
　そう、呟いた瞬間……。
「───うん!!」
　ゆきのハッキリとした大きな声が、科学室に響き渡った。
　……"うん"？
「……へ？？」
　今、ゆき"うん"って言った？
　え？　はい？？
　え？　えぇ？？……と混乱しだす俺。
　そんな俺に、藍沢が「だそうだよ、時東。早く机の下から出てきたらどう？」という言葉を投げかけてきた。
　……藍沢の奴、気付いていたのかよ。
「いつから、気付いていたわけ？」
　そう言って俺は、机の下から出た。
　バチリと、ゆきと目が合う。
「……え」
　そしてゆきが、固まった。
「え、歩くん、いつからそこにいて……え？」
「いつからって……最初から」
「えええええ!?」
　ズザッと少しだけ後退りをし、驚きの声を口から漏らすゆき。
「あ……っ」
　さっきの藍沢との会話を思い出したのか、ゆきは顔を真っ赤にした。

本当に、本当なのか？
　本当にゆきは、俺のことが好きなのか？？
　俺はいまだに、さっきゆきが藍沢の質問に"うん"と答えていたことが信じられないでいた。
　だって、ゆきが、俺のコトを好きなんて、そんな……。
　そんな、こと……。
　ある、のか？？
「……ゆき」
　抱きしめて、その名前を呼ぶ。
　するとゆきは肩をピクッと跳ねさせ、「は、はい!?」と声を上げた。
　藍沢はさっき、「……はぁ。じゃあ、俺の役目もここまでだな」という言葉を残し、科学室を出て行ったから、今はふたりだけという状況だ。
　うわ、なんか心臓ドキドキしてきた……。
　だって、ゆきとふたりきりって……どうしよう。
　いや、まず、本当にゆきは俺のことが好きなのか？
　だって、ゆきは俺のこと、軽蔑してて……だから……。
「なんで、今日……私を避けてたの？」
　少しだけ顔を上げ、不安げに聞いてくるゆき。
　俺は素直に、その質問に答えた。
「……いや、だって、昨日のゆきの泣いてる姿が頭をよぎって」
「あれは、私のこと歩くんは嫌いなのかなって思って……」
「はぁ!?」

嫌い!?
　誰が!?
　俺が!?
　ゆきを!?
　それに、ゆきが泣いた理由って俺を軽蔑してじゃなかったのか？？
　そう俺が聞くと、ゆきは、
「ち、違うよ！　あれは、ただ、歩くんが私に恋愛授業をしてくれたのは、遊びだったのかなって。だから歩くんは、私のこと、もともと嫌いなのかもって……」
　そう言って、少し俯くゆき。
　遊び？　嫌い？？
　もしかして、藍沢の奴がゆきに何か吹き込んだんじゃないだろうな……。
　"時東は山崎さんのことが嫌いだよ"みたいなことを、ゆきに言ったんじゃないだろうな!?
　言う。
　アイツなら絶対に言っているハズだ。
　あのメガネ野郎！！！
「……あーもー、バカ」
　俺がゆきを嫌う？
　そんなこと、あるわけないだろ。
　こんなに、こんなに……。
「嫌いなわけないだろ。こんなに、好きなのに」
　そう言って俺は、ゆきに優しいキスをした。

「……あと」
　やっぱり、ゆきに言っといた方がいいよな、俺の昔のこと……。
　本当は、あの時の俺の話なんてしたくなかったけど。
　でも、ゆきだから……。
「ただの言い訳かもしんないけどさ……何人もの女の子たちと付き合っていたのは、理由があってさ」
　そう言うと、ゆきは「理由？？」と言って首を傾げる。
「女の子たちと付き合っていた理由は、ただ……俺を外見だけで決めない女の子を探してたわけ」
　昔から嫌だった。
　外見だけを見られることが。
　だから俺は……俺のことを外見だけで判断しないで、ちゃんと内面も見てくれる女の子、そんな子を昔から探していたんだ。
　だけど……。
「ま、結局は誰もいなかったんだけどさ……。みんな、俺を好きになった理由は外見。だからすぐに、女の子たちとは別れたから」
「そう……だったんだ」
「……でも、ゆきは」
　ゆきは、違った。
　俺は、ゆきに恋愛授業の話を持ちかけた時のことを思い出した。
「俺が最初に長瀬を好きな理由を聞いたら、外見じゃないっ

て言っただろ？　だから、ゆきに興味がわいて……」
　そう言いながら、ふと思う。
　本当にそんな理由で、俺はゆきに恋愛授業を持ちかけたのか？
　いや、違う。
　今ならハッキリ言える。
　俺がゆきに恋愛授業の話を持ちかけた時には、きっともう、俺はゆきのことが好きだったんだ。
　ゆきは他の女の子たちとは違う。
　俺を『王子様』じゃなくて、ただ、ひとりの人間『時東歩』として接してくれるゆきを好きになって。
　それで俺はゆきに近付きたい一心で、恋愛について教えてやるなんて言ったんだ。
　そう思うと、絡まっていた糸がほどけていくみたいな、そんな感覚に襲われて……。
　ゆきへの好きって気持ちが、溢れてきて……。
「……ゆき、好き」
　今までどうしてもゆきに言えなかった言葉が、自然と口からこぼれていた。
　ゆきは俺の言葉に目を丸くして、「へ？？」と間抜けな声を漏らす。
「だからさ、ゆきも俺の顔を見て、ちゃんと言ってよ」
　そう言って俺は、ゆきの顔を下から覗き込んだ。
「ね？　言ってよ……ゆき」
　ちゃんとゆきの口から聞きたい。

ゆきの気持ちを。
　　じゃないと、やっぱり不安な自分がいるから……。
「……歩くん」
「何？」
　　優しく、優しく。
　　甘くとけるような声で、ゆきに問いかける。
「……好き」
　　甘い、甘い。
　　ゆきの言葉が耳に響く。
「よく言えました」
　　さて、これで俺とゆきは晴れて両思いになった。
　　よし、じゃあこれからは正々堂々と、ゆきとイチャイチャできるな。
　　そう思ってゆきにキスしてたのに、途中、佐野先生が乱入。
「もう時間も時間だから、早く帰りなさい!!」
　　まったく。
　　ゆきと俺の甘い時間を邪魔しやがって……。
「じゃあもう暗いし、家まで送っていく」
「え、でも……」
「いいから。な？」
　　そう言うと俺は、ゆきの手をギュッと握って科学室を出た。
　　もちろん、恋人つなぎで。
　　……また、こうしてゆきと手を繋げるなんて思ってなかったな。
　　そう思い、俺は繋いだ手にさらにギュッと力を入れる。

「……ねぇ、ゆき」
「何？？」
　名前を呼ぶと、キョトンとした顔で俺の方を向く。
　名前を呼んだら、振り返ってくれる。
　たったそれだけのことなのに、凄く嬉しくて……。
「……好き」
「ふぇ？」
「すっげー好き」
「は、はひ!?」
「むっちゃ好き」
「ままま、待って、歩くん！　ちょっと待ってぇえ!!」
　恥ずかしいのか、顔を真っ赤にして俺から逃げようとするゆき。
　だけど俺は、絶対に逃がさないというふうに、ゆきの腕を掴む。
「あ……っ」
「ねぇ、ゆき。俺、言ったよね。絶対に、ゆきをもう離さないって」
　と言いながら、俺は掴んだゆきの腕を引っ張った。
　だけど……。
「あ、歩くん！　手、離してくれないと靴履き替えられないよぉ……」
「え……」
　気付くと、俺とゆきは二年生用の下駄箱の真ん前にいた。
　俺とゆきはクラスが違うから、もちろん下駄箱がある位

置も離れている。
　だから、靴を履き替えるためには、この手を離さないといけない。
　それに、たとえ下駄箱がすぐ近くだったとしても、手を繋いだまま靴を履き替えるってのは……無理、だよな。
「……うぅっ」
「歩くん！」
「……だって」
「歩くん？？」
　俺のか細い、泣き声みたいな声に、ゆきは少し心配になったのか、俺の顔を下から覗き込む。
　そんなゆきを、俺は見つめ……、
「……ゆきが好き、だから。ずっと、手、ギュッてしてたい」
　カアァーーッ！
　そう音をたてるように、一気に熱くなった俺の顔。
　うわ、凄く恥ずかしい……。
「あ……歩、くん」
　ゆきもなぜか顔を真っ赤にして、少し困ったように眉を下げる。
　そしてニコリと笑い、
「……私、だって。私だって、歩くんとずっと手繋いでたいよ」
「ゆ、き……？」
「歩くんのこと、大好きだから。手、繋いでたい」
「……っっ」

熱い頬が、また熱くなっていく。
「……でも、手を繋いでなくても大丈夫だと思うんだ」
「え？？」
「だって、手なんて繋いでなくても、私と歩くんの心は繋がってるでしょ？」
　えへへ、と笑いをこぼすその顔に、キュンと胸が鳴った。
　心は繋がってる……か。
「……うん、確かにそうだな」
「でしょ？？」
　少しおどけたゆきの言い方に、ふたりで小さく笑い合う。
　そして俺は、ゆきの手をそっと離した。
「じゃあ、靴、履き替えてくる」
　そうゆきに言って、俺は自分のクラスの下駄箱へと向かった。
　そんな俺に向かって、ゆきは、
「で、でも、やっぱり早く手繋ぎたいから、すぐに靴履き替えてきてほしいなぁ……なーんて」
　そう言って、真っ赤な顔を隠すようにはにかむ。
　ああ、ゆき。
　それはさ、それは……。

「それは、こっちのセリフだっつーの！」

HR〜ホームルーム〜

恋愛授業はまだまだ続く……

「意外と外、真っ暗だな」
　そう言って、歩くんはふたつの鞄を手で抱える。
「自分の鞄ぐらい、自分で持つよ、歩くん？？」
「こういうのは彼氏が持つものなの。そんぐらい覚えとけよ」
「う、うん……」
　私がそう頷くと、歩くんはそのままツカツカと歩いていく。
「……歩くん、やっぱり」
「俺はゆきの彼氏なの。だから鞄ぐらい、持つのが普通」
「そうなの？」
「恋人同士だとそうなの」
　そう言って歩くんは、私にニコリと優しい笑顔を見せた。
　"恋人同士"……か。
「……うぅっ、なんだか恥ずかしい」
「何、今さらそんなこと言ってんの」
「だって……」
　そう言いながら少しだけ俯くと、歩くんはそんな私の顔を下から覗き込み……。
「ああ、でも、恥ずかしがってるゆきは凄く可愛いから許す」
「っ!?」
　甘ったるい表情で言われ、ボッと私の顔が赤くなる。
　はうぅっ、歩くんの言葉はいつも心臓に悪いよぉ……！
「そ、そんな、可愛いなんて……そんなっ」

「でも、もう俺がゆきの恋人だから、その可愛さも全部俺のものなんだよな」

　独り言のように言うと、歩くんはチュッと私の額にキスをした。

　はわわわ…っ！

「あ、歩く……んっ」

「……だからさ、そんな可愛い顔、他の誰にも見せるなよ。特に科学部メンバーには！」

　と言って、少し不機嫌な顔になる歩くん。

　科学部メンバー……？

「科学部メンバーって……」

「藍沢と佐野先生に決まってんだろ」

　キッパリと、歩くんはふたりの名前を挙げた。

　藍沢くんと、佐野先生？？

「まず藍沢はゆきのことが好き。だから油断はできない」

「ゆ、油断はできないって……」

「あと、ゆきはもうちょっと警戒心を持つように。いっつも無防備すぎ」

「そんなこと……」

「そんなことあるから言ってんの」

　そして、「はぁ」と深い深いため息をつく歩くん。

「ゆきに何かとちょっかい出したり、俺とゆきの間にいきなり割り込んできたり……。本当に藍沢には気を付けろよ。まだ、ゆきのこと狙ってるかもしれないから」

「ほ、ほへぇっ」

「あと、佐野先生。あの人はゆきにスキンシップが多すぎなんだよ！」
「は、はひ!?」
　いきなり大声を出した歩くんに、思わずピクッと私の肩が揺れた。
　あ、歩くん……？
「何かにつけて、ゆきに用事頼んだり、ゆきに必要以上に馴れ馴れしくしたり……。今思い出しただけでも腹が立つ……」
　ブツブツブツブツ……と、独り言を始める歩くん。
　あ、歩くんのオーラが怖いよぉ……。
「だからさ、ゆき。無防備でいていいのは俺の前だけってこと……忘れないでね？」
　にっこぉ～りと、歩くんはそれはそれは満面の笑みを浮かべる。
　そんな歩くんに私は、
「は、はい」
　と言って素直に頷いた。
「……あ、そういえばさ」
「？　何？？」
　少しの間、手を繋ぎながら帰り道を歩いていると、歩くんはふと立ち止まって私に疑問を投げかける。
「今日、俺のこと探し回ってたのって……さ。もしかして、俺に告白するためだったり……する？」
「う、うん。実は……そうです」

「……そっ、か」
　歯切れ悪く呟いて、苦い顔で俯く。
　歩くん……？
「なのに俺、ゆきから逃げ回って……本当に、最低だ」
「そ、そんなことないよ！　歩くんは最低なんかじゃ……」
「いや、最低だよ」
　ふと俯いていた顔を上げて、独り言のように私に言う。
「ゆきを泣かせて、困らせて、挙げ句の果てには自分勝手にゆきから逃げて……」
「……歩くん」
「素直に自分の気持ちを伝えなきゃいけなかったのに、そんな自分の気持ちからも逃げて……やっぱり最低だ」
そう言うと、歩くんは少し悲しげに笑った。
　自分の気持ちからも逃げて……なんて、そんな、そんなこと……。
「……そんなこと、ない」
「ゆき？」
「そんなことないよ」
　歩くんと繋いでない方の手で、拳をギュッと握りしめる。
　歩くんは、自分の気持ちから逃げたわけじゃない。
　それは、私が一番わかっていることだから……。
「歩くんは、私にちゃんと"好き"って言ってくれたから。だから歩くんは、自分の気持ちから逃げてなんかいないよ」
「でも……っ」
「それに歩くんは、私より悩んで苦しんで……私のことを

思ってくれて」
　私のために、恋愛授業をしてくれて。
　私のために、雨の中、駅で待っててくれて。
　私のために、ギュッて抱きしめてくれて。
「私の鞄まで持ってくれて」
「これは、ゆきの恋人として当然のことで……」
「そんな当然のことが凄く嬉しいんだよ。そんな当然のことが、歩くんの優しさだってわかるから。そんな優しい歩くんが、自分のことを最低なんて言っちゃダメだよ」
　私はそう言って、繋いでいる手にキュッと力を入れる。
「……手も凄くあったかくて。そんな歩くんを、私は好きになったんだから」
「……ちょ、ゆき」
「優しい歩くんを、私は好きになったんだから」
「ゆき、待って……っ」
「私は歩くんのことが、大す……」
「ゆき、ストップ！」
　歩くんの大声により、私の言葉がかき消される。
「歩くん？」
　と呟いて、歩くんの方を見てみると……。
「わかった、わかった……。だから、もう、何も言わないで。お願いだから……」
　と弱々しく言う歩くんの顔は、真っ赤だった。
　……真っ赤？
「……もしかして、歩くん、照れてる？」

「〜〜〜っ!? あ、当たり前だろ！ あんなに、好きって言われたら……普通に照れるだろ」
　耳まで真っ赤な歩くんは、プイッと可愛らしく私から顔を逸らす。
　歩くん、可愛い……。
「……歩くん、顔真っ赤」
「!?　悪かったなっ」
「ううん、全然悪くないよ。歩くん、可愛い」
「か、かわ…っ!?」
　私の言葉に、絶句(ぜっく)しながら口をパクパクさせる歩くん。
「？　歩くん？？」
「……あーもー！」
「きゃ!?」
　いきなり体を寄せてきて、気付いた時には目の前に歩くんの顔。
　そしてそのまま、近付く唇。
「……ゆきのが、可愛いっつの」
　唇が離れた直後に呟かれた言葉に、カアッと体中に熱が溜まる。
　はわわ、体がポカポカするよぉ……。
「歩くん……」
「あー、あと、俺の前でも無防備でいるのは、やっぱダメ」
「ふぇ？　それって……」
「俺の前でも、警戒心は持っておいた方がいいってこと。じゃないと……、あんまり無防備なところを見せられると、

俺の我慢が限界だから」
そう言って、私をギュッと抱きしめた。
「が、我慢って……」
　歩くんのその言葉の意味がわかると、頭のてっぺんからポワッと湯気が出そうな感覚になる。
「彼氏の前でも警戒心は絶対に持つこと。……わかった？」
「は、はいっ」
　コクコクと頷くと、歩くんは「よろしい」と言って私の頭を撫でた。
　そして、
「……なんか、まだ恋愛授業が続いているみたいだな」
　楽しそうに笑いながら、歩くんは突然そう呟いた。
　……恋愛授業、か。
「ねぇ、歩くん。本当に、恋愛授業、まだ続けない？」
　私がふと思ったことを口に出すと、目を丸くする歩くん。
　自分でも、いきなり何を言い出すのかって思うけど……。
「ゆき、何を言って……」
「私、恋愛のことについて、もっともっと歩くんに教えてほしいし……歩くん自身のことを、もっと知りたいって思うんだ」
　「だから、恋愛授業、続けない？」と言って、私は歩くんに顔を向ける。
　すると歩くんは、クスリと笑みをこぼし、そっと私に片手を差し出した。
「？？」

突然差し出された片手にハテナマークを浮かべていると、歩くんはニマッと可愛らしく笑い、
「授業のおさらい。手の繋ぎ方、覚えてる?」
　そう言って、私を見つめた。
　ドキン、ドキンと心臓が高鳴って、寒い日だというのに、体はどんどん暖かくなっていき……。

　終わったと思った恋愛授業は、まだまだ続く。
　だって、まだまだ私は恋愛についてなんにも知らないから。
　あ、でもね、歩くんが凄く優しくて大好きってことだけは知ってるよ。
　でもね、もっともっと歩くんをいっぱい好きになれるように。
　もっともっと歩くんのことを知りたいって思うから。
　だから、私は恋愛授業を終わらせたくない。
「もちろん……」
　私はそっと、歩くんの手に自分の手を絡めた。
　ねぇ、歩くん。
　これからも、恋愛授業、よろしくお願いしますね?

「"恋人つなぎ"です!」

《 END 》

番外編

「放課後」という名の番外編。【side佐野先生】

　科学部。

　主に植物などの実験・観察、そして自然を対象とした研究をする部活だ。
　そしてそんな部活の顧問は、
「……あー、寒いけどあっつい！」
　こんな意味不明なことを呟いているのは、"みんなの佐野先生"こと俺なんだが……。
「佐野先生、寒いけど暑いって、いったい何言ってるんですか？」
　純粋に不思議だとでも言うふうに、少しブカブカな白衣を着た山崎が俺に近寄ってくる。
「暑いっつーか……熱い。寒いけど熱いんだよ！」
「？？」
「だから、寒いけど熱いのー！」
「？？？」
「だからよー」
　いまだにポカンと間抜けな顔をしている山崎に、なんとか今の自分の心境を伝えようと身を乗り出す。
　すると……、
「俺のゆきに近付かないでくれますか、佐野先生」
　………あー、まずい。

心の中で呟く。
　………あー、ヤバい。
　冷や汗をかく。
　………あー、来ちゃったよ。
　山崎の王子様が。
「……や、時東」
「こんにちは、佐野先生。で、俺のゆきと何を話していたんですか？」
　"俺の"の部分を強調して、にこぉ〜っと満面の笑みを浮かべる美男子は、"学校一の王子様"こと時東歩。
　あー、まずい。
　完璧に怒ってるよ、こいつ……。
　なんだよ。少しだけ山崎と話してただけじゃんかよ！
「あ、歩くん！」
「ゆきもゆきだよ。前に、佐野先生には近付いちゃダメだって言っただろ？　何、話なんてしてんの」
　おい待て、時東。
　それ、どういう意味だ。
「ご、ごめんなさいっっ」
　山崎。
　そこで謝るのは、ちょっと佐野先生、おかしいと思うなー。
　あー、やっぱり……。
「お前ら見てると、寒いけどあっつい」
　山崎と時東は、そりゃあ端から見れば一発でわかるほど

のラブラブカップルだ。
　時東は特に、だ。
　山崎の前だと性格が変わるし、山崎に近付いてくる男全員を警戒してる。
　そんな山崎と時東を見てると、辺りは雪が降るほどの寒さなのに、熱くて……。
「寒いけどあっつい！」
　だから俺は、こんな意味不明な言葉を、先ほどから呟いているのだ。
「寒いけど暑いって、意味わかりません。とうとう頭が壊れましたか、佐野先生」
「大丈夫だよ、歩くん！　佐野先生は元から頭が壊れてるから！」
　おい、ちょっと待て、山崎。
「……もう、お前らなんて知るか。佐野先生はひとり孤独に植物観察でもしてるから、どっか行け！」
　本当に寂しくなって、目にジワリと少しだけ涙が浮かぶ。
　あーあ。
　反抗期の子供を持った親の気持ちって、たぶん、こんな感じなんだろうな……。
　そんなことを思いつつ、椅子の上で器用にも体育座りをしていると……。
「佐野先生、何をしてるんですか？」
「あ、藍沢」
「藍沢くん！」

「げっ、藍沢」
　もちろん、最後の声は時東だ。
　藍沢と時東は中学からの同級生らしいが、互いに忌み嫌い合っているっぽい。
　それでも部活仲間だから、1日にひと言ふた言は話す関係だ。
「あっれ、佐野先生なんで体育座りなんてしているんですか？」
　続いて聞こえてきた明るい声。
　その声に、いち早く山崎が反応を見せる。
　「紗希ちゃん！」と……。
「どうしたの、紗希ちゃん？　こんな所に」
「あー、あんたに用があったのよ。はいこれ、ノート忘れてたよ。明日提出だから、今日、家でまとめるんでしょ？」
　そう言って、山崎の"ベストフレンド"こと紗希ちゃんは、山崎に「はい」と1冊のノートを差し出した。
「ありがとう、紗希ちゃん！」
　よほど嬉しかったのか、ニッマーと可愛らしい笑顔を見せる山崎。
　そんな山崎を見たあと、紗希ちゃんは……。
「あと、時東くん」
　なぜか、時東に声をかけた。
「わかってると思うけど、ゆきの彼氏面するのもほどほどにしてね？　だいたい、ゆきの傍にはいつも私がいるから、それで十分なの。ね？」

と、時東に笑顔を向ける紗希ちゃん。
「確かに……」
　と、藍沢と俺も同意する。

　科学部に伝説があるとしたら、それは紗希ちゃんだと、誰もが口を揃えて言うだろう。
　あの山崎にベッタリだった時東が、紗希ちゃんと交わした条例によりベッタリしなくなったのだ。
　あの時東が、だ。
　ちなみに条例の名は、【ゆきにベッタリ近付くの禁止条例】というのだが……。
　本当に紗希ちゃんは、科学部にとって伝説的存在なのだ。
　そして、そんな紗希ちゃんは今、俺の目の前で、もの凄〜く怒っていらっしゃるのだが……。
「この頃は、またベタベタとゆきにまとわりついてるって藍沢くんから聞いたんだけど……本当ぉ？」
　……紗希ちゃん、目が笑ってないよ。
「藍沢、お前な…っ」
「俺は本当のことを言っただけだ」
　時東は藍沢をキッと睨みつけ、藍沢は勝ち誇ったような笑みを浮かべる。
　この状況からしてわかるだろうが、時東が一番苦手なのは（恐れているのは）、紛れもなく紗希ちゃんだ。
「ねぇ、時東くん？」
「さ、ささ、紗希ちゃん！」

時東に詰め寄る紗希ちゃんに、突然、山崎が声を上げた。
　そして、
「歩くんをイジメたら、紗希ちゃんでも許さないからね！」
　目には少し涙をためて、何を思ったのかそう叫ぶ山崎。
　その姿は、とても可愛らしいもので……。
　もしも、これが全く関わりのない他人なら、「あー、可愛い子だなぁ」で終わるだろう。
　だけど今、目の前にいるのは山崎だ。
　何も関わりのない他人などではない。
　だから、少々厄介なのだ。
　そして、そんな山崎に対して時東は、「ゆき……」とたいそう感動している様子だ。
　だけど、紗希ちゃん、藍沢、俺の考えは三者三様で、それぞれ全く違う。
「……私からゆきを奪おうなんていい度胸ね、時東くん」
「……山崎さん、時東なんて放っておいて部活しよう」
「……あーあ、また科学室の温度が上がっちまったよ」
　イライライライラ。
　イライライライラ。
　俺を含めた３人のイライラが、最高潮になっていく。
　そして、ついに……、
「み、みんなは、歩くんのこと誤解してるよ！　歩くんは凄く優しいんだから！」
「ふーん、時東くんのどんなところが優しいの、ゆき？」
「え？　えーとね」

と言って、少し考える様子を見せる山崎。
「例えば、学校からの帰り道では、絶対に私の鞄も持ってくれるし。道端ではコケないようにって、手を繋いでくれるし。朝は朝で、ちゃんと目が覚めるようにって、ホッペにチュッてしてくれて。この前、歩くんのお家に行った時なんかは———」

　———バキッ！
　———ガンッ！
　———ガシャンッ！

　山崎の言葉を遮るようにして、同時に３つの大きな音が辺りに響いた。
　ちなみに最初の音は、紗希ちゃんが近くにあった机を思わず殴り壊した音。
　その次の音が、俺が近くの椅子を思わず蹴り壊した音。
　最後が、藍沢が手に持っていたフラスコを思わず床に叩きつけた音だ。
　補足だが、それらはみんな"思わず無意識で"やってしまったことであって、"故意"でやったワケじゃない。
　物を大切にしなくちゃいけないことなんて、百も承知なのだから。
　だが、この瞬間、俺と紗希ちゃんと藍沢の気持ちがひとつになった。

ああ、どうしてくれよう、このバカップル（主に時東）。

　……でも。
「歩くんのことは、絶対に私が守るんだからね！」
　時東の前に仁王立ちし、小さな体を大きく見せるために胸を張る。
　そんな山崎を見ていたら、戦意も喪失するわけで……。
「……あー、やっぱり暑いわ……じゃなくて熱いわ！」
　ひとつ変わったことといえば、そんな俺の言葉に「本当に熱いわ」「熱いですね」と同意する言葉がふたつ増えたことだけで……。
「……でも」
　こんな部活だから、俺が顧問になったのかもなぁ……なんて。
　そう思うと、クスリと笑みがこぼれてきて……。

　科学部。

　主に植物などの実験・観察、そして自然を対象とした研究をする部活だ。
　そこは決して、恋人同士がイチャイチャする場ではないので、あしからず。
　あとは……、
「あーもー……寒いけど、あっついわ」
　暑い……じゃなくて熱いのが苦手な人へは、入るのはオ

ススメしません。
　それがここ、熱いのが苦手な"みんなの佐野先生"こと俺が顧問を務める科学部です。

　……さてさて、これは後日談なのだが、俺と紗希ちゃんと藍沢が【科学部からバカップルを追放せよ】の会を立ち上げたとかなんとか……。
　そしてその会長は、「私以外に誰がやるの?」と息まいて見せた紗希ちゃんなのだとか……。
　ちなみにこの会は、ただ今、会員募集中。
　入りたい人はぜひ、科学部まで。

≪番外編＊END＊≫

あとがき

こんにちは！
初めての方も、お久しぶりの方も、みずたまりと申します!!
このたびは、『甘い恋愛授業』を手に取っていただき、ありがとうございます。

"甘い恋のレッスン"をコンセプトに書いたこの小説ですが、書きながら「私もこんな授業を受けてみたーい」と日々思って創作した妄想小説でもあります(笑)。

格好いい男の子と放課後の科学室で、甘い甘い恋愛授業。
ケータイ小説サイト「野いちご」で作品掲載をし始めた頃からずっと、読者の皆様からも「こんな授業、受けてみたい！」という声がたくさん届いていました。
私と同じ気持ちの人がこんなに……！と思うと、作者として、とても嬉しい気持ちになりました。

さて、本作品は、甘い恋愛授業が結んでいく、ゆきと歩のラブストーリーなのですが、今回の文庫化にあたりまして、また新たに【side歩】を加筆しました。【side歩】には、切なく悲しい歩の気持ちが綴ってあり、心にグッと迫ります。

ゆきを好きになっても苦しいだけだとわかっているのに、好きだという気持ちが止められない歩。

　だけど、それは仕方ないことなんじゃないかと、私は思います。
　だって、「好き」って気持ちは、そうそう簡単に捨てられるほど、軽いものじゃないんですから。

　泣いて、苦しんで、喚(わめ)いて……、それでも最後に誇(ほこ)らしげに笑える日が来ることを夢見てるうちは、何があっても「恋」という感情を捨てるなんてしちゃいけないと、私は思います。

　最後に、本当に『甘い恋愛授業』を読んでいただき、ありがとうございます！

　またいつか、皆様とお会いできる日が来ることを、心からお待ち申し上げております！

　では☆

Thank you 読者様

　　　　　　　　　　　　　　　　　　　みずたまり

この物語はフィクションです。
実在の人物、団体等とは一切関係がありません。

KEITAI
SHOUSETSU
BUNKO
野いちご SINCE 2009

甘い恋愛授業
2011年6月25日 初版第1刷発行

著　者	みずたまり
	©Mizutamari 2011
発行人	新井俊也
デザイン	黒門ビリー＆フラミンゴスタジオ
DTP	株式会社エストール
編　集	篠原康子
発行所	スターツ出版株式会社
	〒104-0031 東京都中央区京橋1-3-1　八重洲口大栄ビル7F
	TEL 販売部 03-6202-0386（ご注文等に関するお問い合わせ）
	http://starts-pub.jp/
印刷所	共同印刷株式会社
	Printed in Japan

乱丁・落丁などの不良品はお取り替えいたします。上記販売部までお問い合わせください。
本書を無断で複写することは、著作権法により禁じられています。
定価はカバーに記載されています。

ISBN 978-4-88381-605-7　C0193

ケータイ小説文庫 2011年6月発売

『先生』 舞華(まいか)・著

先生なんて興味ナシ！ そう思っていたはずなのに、高1の絏那は、なんとなく担任の真咲先生のことが気になっていた。ある日、授業中に寝ていた罰として、テスト前までずっと放課後の居残りが決定！ 落ち込む順那だが、先生は補習のあと数学科準備室、通称"先生んち"に連れていってくれて!?
ISBN978-4-88381-604-0
定価609円（税込）

『甘い恋愛授業』 みずたまり・著

恥ずかしがり屋のゆきは、高校2年生の科学部員。ある日、科学部の同級生"学校イチの王子様"こと歩に、ゆきのサッカー部員への片思いがバレる。奥手なゆきが告白できるように、歩は放課後の科学室で甘く危険な『恋愛授業』を始める。手の繋ぎ方、キスの仕方…と進む中、ゆきの心に変化が…!?
ISBN978-4-88381-605-7
定価567円（税込）

『地味子の秘密⑥』 牡丹杏(ぼたんきょう)・著

陰陽師の仕事もひと段落して、陸とラブラブな時間を過ごしている杏樹。実は財閥の御曹司である陸の仕事の手伝いまで任されちゃって、将来は陸のお嫁さん決定!? しかし、陸は毎晩のように見る悪夢に悩まされていた。そんな矢先、学園に妃芽というお嬢様が転校してきて、陸の悪夢が現実に…!?
ISBN978-4-88381-606-4
定価567円（税込）

『ブラックホールⅢ』 juna(ジュナ)・著

俠也の極道の父親にも紹介され、俠也とラブラブな日々を過ごす凛子。しかし俠也を恨む男に拉致され、怪我を負う。入院中に俠也と対面した凛子の母親にふたりの交際を反対される。突然冷たくなった俠也に別れの危機を感じた凛子だが…。超人気作『ブラックホール』完結編！
ISBN978-4-88381-607-1
定価578円（税込）

ケータイ小説文庫　好評の既刊

『先輩と保健室で』みずたまり・著

鮎川小春は恋の経験ゼロの高校2年生。ある日小春が保健室のベッドで休んでいると、隣で寝ていたイケメンで成績優秀な熊切智先輩と出会う。その後、先輩の大事なカメラを壊してしまう小春は、おわびに得意のケーキを保健室にいる先輩に毎日差し入れすることになり…!?　スイーツみたいに甘〜い恋物語★
ISBN978-4-88381-553-1
定価536円（税込）

『恋人ごっこ』メルト・著

女友達との関係が面倒な高3の星野神菜は仲間と一緒に過さずにすむよう、同級生の南優斗と恋人のフリ＝恋人ごっこをする契約を結ぶ。神菜は次第に優斗が好きになるものの、どちらかに好きな人ができたら別れるというルールが2人の関係に影を落とし…!?　切なくて胸キュンな学園ラブストーリー☆
ISBN978-4-88381-541-8
定価536円（税込）

『クラスメイトは婚約者!?』sAkU・著

相崎財閥の令嬢で高3の相崎沙羅は、誕生日に突然親から宮澤財閥の御曹司・宮澤彗を紹介され、見合いをすることに。2人きりになると、かなりの俺様男になる彗のことを好きになれない沙羅だったが、なんとそれぞれの両親によって婚姻届が出された後だった!?　切なく甘い、学園フィアンセ☆ラブ！
ISBN978-4-88381-570-8
定価557円（税込）

『幼なじみなんてッ！』sAkU・著

伊沢グループの御曹司・棗と、隣の家に住む花音は、同じ高校に通う幼なじみ。クラスも同じで席も隣同士のふたりは、幼少の頃から誰よりも近い存在なのに、お互いに惹かれあう恋心を隠し続けていた。やっと恋人同士になるものの、家柄の差、付きまとう後輩など、さまざまな障害が襲いかかり…!?
ISBN978-4-88381-597-5
定価588円（税込）

ケータイ小説文庫　好評の既刊

『私は彼氏がキライです!?(上)』おきっきー・著

彼氏いない歴17年のコナミはある日、関わりたくない男No.1！のクラスメイト、アツにコクられる。からかわれてるだけ…と拒否するコナミだが、アツは本気だった！ 勢いで付き合うことになったものの、大ッキライな気持ちは大好きに変わるの!? 素直になれないふたりの、ほのぼの学園LOVEバトル★
ISBN978-4-88381-583-8
定価525円（税込）

『私は彼氏がキライです!?(下)』おきっきー・著

ちゃんと付き合いだしたアツとコナミ。誕生日を一緒に過ごしたり、親と対面したり、コナミが別の男子にコクられたり!? …だけど、なんだかんだ言いながらも、ラブラブな日々が過ぎていく。そんなある日、コナミはアツの重大な隠しごとに気付いちゃって…？　甘ーくて、少し切ないふたりの恋の結末は!?
ISBN978-4-88381-587-6
定価557円（税込）

『ハッピー☆ウエディング』Mai・著

葵は16歳の誕生日に親から婚姻届を渡され、10歳年上の慶介という男性と婚約するよう言い渡される。決められた結婚に抵抗しながらも、イケメンで女の子の扱いが上手い慶介と付き合ううちに、心惹かれてしまう葵。しかし、思いもよらない出来事が2人を引き離して…？ 年上男性とのスイートラブ☆
ISBN978-4-88381-531-9
定価567円（税込）

『ケータイ恋愛小説家』桜川ハル・著

ケータイ小説を書いてるJKの日向。でも、実は彼氏経験ゼロ。小説はすべて妄想なんです。そんな日向が、小説のために幼なじみの蓮くんから恋のアレコレを教えてもらうことに。やがて、模擬デートやキスのレッスンを重ねるうち、日向の心にある想いが…。甘くてとろけちゃいそうな恋の物語！
ISBN978-4-88381-557-9
定価567円（税込）

ケータイ小説文庫　好評の既刊

『極上♥恋愛主義』 ＊あいら＊・著

高1の胡桃はモテるのに恋愛未経験。ある日、資料室の掃除をしてたら、巨大な本が落下！　それを救ってくれたのは学校1のモテ男・斗真だった。お礼をしようとする胡桃に、斗真は「毎日、昼休みに屋上来いよ」と俺様な要求を…。天然女子と初恋男子、そんなふたりが突き進む極上ラブストーリー！
ISBN978-4-88381-560-9
定価 536 円（税込）

『恋するキャンディ』 acomaru・著

高1で優等生のさやはは、絡まれていた所を黒髪のイケメン・絹川当麻に助けられる。が、実は当麻はヤンキーで「オレのオンナになれ」と言われて…！？　過去のトラウマからヤンキー嫌いなさやだけど、自分のために変わろうとする当麻に次第に惹かれていく…。優等生×ヤンキーの甘甘学園ラブ♪
ISBN978-4-88381-567-8
定価 567 円（税込）

『ブラックホールⅠ』 juna・著

不良にからまれていた高3の凛子を助けてくれた、チームブラックの俺様キング・侠也。凛子を気に入った侠也は強引に交際を迫る。「これから毎日会いに来い」「お前の家を火の海にすんぞ」イケメンだけど強引な侠也を凛子は拒否するが、優しく男らしい本当の姿に、次第にひかれていって…。
ISBN978-4-88381-599-9
定価 546 円（税込）

『ブラックホールⅡ』 juna・著

俺様キング・侠也と結ばれた凛子。実は彼は黒山会大東組というヤクザ☆の息子だった。それでも彼に凛子は変わらぬ愛を感じ、幸せな日々を過ごすが、強力なライバル・エリカが邪魔をして…！？　すれ違うふたりはどうなる!?　超人気作『ブラックホールⅠ』待望の続編。ここだけの番外編もアリ！
ISBN978-4-88381-603-3
定価 557 円（税込）

ケータイ小説文庫　2011年7月発売

『悪魔に KISS』 ＊あいら＊・著

素直で一途な女の子、花は高校に入学したばかり。しかし、なんとそこには、中1の時に離ればなれになった腹黒＆意地悪すぎる美形男子、翼がいた！　過去に翼から告白されたことのある花は、悪魔みたいな翼に振りまわされて…。ケータイ小説文庫史上最年少作家の＊あいら＊最新作が登場!!
ISBN978-4-88381-608-8
予価 525 円（税込）

『デキちゃった!? 恋愛♡』 ヒヨリ・著

『俺様シリーズ』のヒヨリ最新作！　高校生のユズは、イケメンだけど女タラシな性格のサキの子どもを、酔っ払った勢いで妊娠してしまう。親になると決めたことで、少しずつ優しく変わっていくサキ。そんなサキのことをユズはだんだん好きになるけれど…!?　超胸キュン★なラブストーリー！
ISBN978-4-88381-609-5
予価 525 円（税込）

『恋するキャンディ 2』 acomaru・著

高2になっても相変わらずヤンキーの当麻と優等生のさやはラブラブで、学校でもイチャイチャ。だけど、友達と買い物に行ったときについた小さなウソが、とんでもないことに…？しかも、当麻を狙う強力なライバルまで出現して、さや、大ピンチ!!　超人気★『恋するキャンディ』の甘～い続編♪
ISBN978-4-88381-610-1
予価 525 円（税込）

『愛してよダーリン』 ばにぃ・著

ピンク大好き乙女・奈緒と無口で冷たい不良・樹は同じ高校の1年生。家も隣同士という幼なじみのふたりは、樹の告白により付き合うことに。しかし、ライバルの出現、樹の引っ越しによる遠距離恋愛…と悩みは尽きなくて…。超ロングセラー『狼彼氏×天然彼女』シリーズのばにぃが贈る最新作！
ISBN978-4-88381-611-8
予価 525 円（税込）

◎STARTS スターツ出版株式会社

お問い合わせは販売部まで
TEL：03-6202-0386　　FAX：03-6202-0400